U0006852

最後一個人

金息——著

胡椒筒——譯

目錄

時間流逝，
倖存的日軍慰安婦受害者
只剩下最後一個人了。

閱讀本書前：

本書以韓國慰安婦受害者的真實證言為基礎，以小說形式呈現。書中所引用的證言出處均有標註，並附於書末的「參考資料」。

1

只剩下一個人了。原本是兩個人，但昨晚，其中一人與世長辭。她那雙不靈活的手指依舊鎮靜地疊毯子。就在一個月前，她就聽聞三人之中的一人離世，只剩下兩個人的消息。

原本橙色的超細纖維毯洗得褪了色，如今更接近肉色。她把疊好的毯子收到一邊，然後用手擦了一遍地，把灰塵、線頭、皮屑和銀色的頭髮收到掌心，搓成一團。

她低聲喃喃，這裡還有一個人……

她開著電視，走到簷廊，準備踏入院子時，嚇得縮了一下肩膀。只見一隻喜鵲把嘴埋在翅膀下，死在古銅色鞋子旁。

這是貓抓來的。四天前牠還抓來一隻麻雀，稚嫩的小麻雀就像剛出生、尚未抓過任何東西的嬰兒小手。那天，她剛好在小巷看到練習飛行的小麻雀。在那沒有一棵樹、一根草的幽靜小巷裡，小麻雀反覆練習著飛翔和墜落。當她靠近，躲在半空中的母麻雀像是啟動了緊急警報，發出刺耳的叫聲。受驚的小麻雀立刻躲進屋簷下的雨水槽。她不過是想看看小麻雀，卻淒涼地醒悟到，對這些鳥兒而言，身為人類的自己是一種可怕的存在。

她把雙腳半搭在簷廊邊，蜷縮著身體坐下，輪流看著死掉的喜鵲和鞋子。

院子裡不見貓的身影。有時，貓會發出微弱的叫聲告知自己的所在之處，但大部分時間都悄然無聲地進出。從大門旁的塑膠容器裡減少的飼料和水，可以知道貓是否來過，雖然她不是貓的主人，卻幫貓準備了飼料和水。她與貓的緣份始於上回，瘦得皮包骨的牠在水槽邊晃來晃去，她餵了牠一些煮高湯剩的小鯷魚。

在野性強的動物中，除了貓，還有什麼動物捕獵不是為了自己填飽肚子，而是為了當作禮物送給人類的呢？總之，那隻貓不管是抓到老鼠還是鳥，都會像展示戰利品一樣放在她的鞋邊。貓第一次送她的禮物就是一隻死掉的喜鵲。她板著臉命令那隻貓把喜鵲放回原處，牠卻懶洋洋地躺在院子的水泥地上動也不動。隔天，那隻貓又把一隻老鼠放在她的鞋子旁。

那隻貓不會不知道，自己好不容易抓來的禮物令她毛骨悚然吧？

一想到那隻貓是在為身為人類的自己而殺生，便心驚肉跳。不知道是不是因為昨晚聽到又有人離世的消息，殺生這件事讓她覺得比以往更加不祥和可怕。

喜鵲黑灰色的嘴張著一顆葡萄大小的空隙，嘴巴裡滿是鮮紅色，就像有人偷偷往裡面吐了一口血。

那隻貓是在清晨時分抓到這隻喜鵲的嗎？

她把腳伸到簷廊下想穿鞋，立刻又縮回了右腳，因為右腳踩到的不是鞋子，而是鞋子旁的喜鵲。

她朝水槽走去，聽到小巷傳來喜鵲的叫聲，她猛地抬頭。那叫聲不像從鳴管發出來的，更像是從黑漆漆、啄食蚯蚓和老鼠內臟的嘴尖發出的。

每當聽到喜鵲叫，她的母親便會對妹妹說，都一年了，去家門前的河邊撿螺螄的大女兒怎麼還沒回來。

「喜鵲在叫，妳去喜鵲叫的地方看看。」

每當這時，妹妹都會問：「為什麼？」

「說不定妳姐姐死在喜鵲叫的地方了……」

不管是在廚房生火，還是在舀醬缸裡的醬油，母親只要聽到喜鵲的叫聲，就會把妹妹叫來：「妳們去喜鵲叫的地方看看。」

妹妹很害怕，誰都不敢去看。但母親一再催促，二妹只好說了謊。她沒有去喜鵲叫的地方，而是去了一趟地瓜田就回家。

「我去了喜鵲叫的地方，姐姐不在那裡。」

倘若母親尚在人間，她很想問母親，為何您不親自去看，而是要年幼的妹妹們去呢[1]？

五年過去，大女兒還是沒有回來，母親便帶著十幾根玉米去找住在菸草田對面的算命先生。自從占卦說大女兒被水淹死後[2]，母親每晚都會在醬缸上放三碗水，磕頭跪拜。醬油缸上一碗，大醬缸上一碗，辣椒醬缸上一碗[3]。大醬缸是空的，母親用好不容易借來的大豆做成豆醬塊，但飢餓難耐的妹妹們把它一點一點啃光了[4]。

靠打零工維持生計的父親連全家一天吃的糧食都賺不到，但只有背誦出效忠天皇的皇國臣民誓詞，才能領到額外糧食。母親背不出來，只得把討來榨豆油剩下的豆渣塊給妹妹們充飢，或到磨坊幫忙一整天，把討來的幾粒米跟晒乾的白菜葉一起煮來吃。

喜鵲一直叫個不停，她耳邊彷彿迴響起母親的聲音。

——妳去喜鵲叫的地方看看。

她以為去了喜鵲叫的地方，就可以看到被軍衣腰帶綁住手腳、一絲不掛的自己了。

那個軍人的眼睛腫得像個膿包，見她不停掙扎，便解下腰帶綁住了她的手腳[5]。她緊閉雙眼，軍人以為她睡著了，啪啪打了她幾個耳光。她嚇得睜開眼，凝視著軍人那張抵達高潮時痛苦猙獰的臉。

每一個經過她身體的軍人都會展露出自己特有的醜陋表情。

*

最後一個人會不會是那個人呢？幾年前，那個人上電視說，如果聽不到那句話，自己絕對不會死——那是一句神也無法代替講出的話。

等了一輩子那句話的那個人，應該是君子。在電視上沉默不語的君子，突然解開襯衫釦子，她說不這樣做，就無法說明白這件事[6]。

如果不赤身露體，便無法證明。所以那個人連襯衫裡的內衣也脫了，向世人展示她肚子中央、如生鏽拉鍊般的手術刀痕。

「他們要是只掏走孩子，我至少還能生育，可是他們連子宮都摘走了⋯⋯我連這都不知道，為了要個孩子，我到寺裡供奉，向送子三神靈許願，還試過巫術。」[7]

在那裡，十六歲的君子肚子越來越大，於是他們說：「那臭丫頭年紀還小，人長得又漂亮，還得繼續用，乾脆把她的子宮摘掉算了。」[8]

六十多年前，她去過君子的老家，因為她很思念那個跟自己同歲的朋友。[9]

慶尚北道漆谷郡枝川面，她牢記君子告訴她的老家地址。正如君子描繪的，老家就在如同彎曲鐮刀般的小路盡頭。當時，滿山都長了金燦燦的麥子。

她印象很深刻，君子母親的人中上方有一顆紅豆大小的痣。

君子的母親問她：「妳是誰？」

她回答是君子的朋友，君子母親又立刻問：「妳也去了滿洲的工廠？」

她默不作聲，君子母親繼續問：「我們家君子還沒從滿洲回來嗎？」

「君子沒有回家嗎？」

「沒有，妳們不是一起回來的嗎？」

「我們沒有一起回來……」

她們中途失散了。因為說不出口的原因，所以她只能這樣回答。

「妳們為什麼沒有一起回來？」

「因為……」

「妳們要是一起回來該有多好啊……」[10]君子母親雙手抓著她的手臂，哭了起來，像是把她當成了自己的女兒。

君子母親留她吃完飯再走，便走進廚房生火，煮了新的大麥飯。跟君子一起在滿州工廠的朋友回來了的消息一傳開，村裡的女人都拋下田裡的活跑來了。

沒有門牙的女人看著她，不由分說地問：「我女兒怎麼沒回來啊？」[11]

「您女兒是誰？」

「我女兒叫熙淑，跟君子一起去了滿州的工廠。」

見她沒說話，穿黑色收腳褲的女人拉住她的手：「我們家尚淑沒事吧？」

「尚淑？」

「眼睛很大、圓滾滾的尚淑。」

「我女兒明玉怎麼沒跟妳一起回來？」

「我不知道……」

村裡的女人們傷心地離開後，君子母親問她：「妳是自己一個人回來的？」

一個人活著回來的罪惡感[12]，使她連一口大麥飯都無法下嚥。

一個人活著回來是罪過嗎？哪怕活著回來的地方是個地獄？

*

她靠窗站著，朝小巷眺望了半天。鑽石紋路的防盜窗已經掉漆、生滿鏽。細長的陽光如刀般刺在臉上。

她凝視著長滿墨綠色黴菌的牆壁，突然嘆了口氣。新聞說還剩下四十七人好像還是幾天前的事，如今怎麼只剩一個人了呢？

她緩慢地往旁邊移動步伐，像在畫一朵花瓣散開的花。每挪動一步，地板紙都會稍稍翹起邊來。焦糖色地板紙髒兮兮的，上面佈滿尖銳物品留下的印痕和劃痕、燙痕和被擠壓過的縐痕。

不只四十七人。

那年，僅僅一年之中，就有九人離開了這個世界，然後剩下四十七人，所以不是只有四十七人。四十七加九的話……她不太會在商店和市場買東西結帳時要用的加減法。

她走出廚房，手裡拿著一包原本打算煮來吃的細麵，但買來都還沒打開過。她在地板上鋪了張報紙，撕開那包麵條，倒在報紙上。接著拿起一根麵條放到一邊，喃喃自語地數著：「一。」又拿起一根放到一旁：「二。」再拿起第三根：「三，」第四根：「四……」

五十六根。

四十七加九等於……

她起身把收好的麵條放回袋子裡，突然板著臉俯視自己的雙腳，彷彿腳踩的不是鞋子，而是死掉的喜鵲。

雖然她再三確認那不是喜鵲，還是無法把視線從雙腳移開。

*

她送到嘴邊的麵條一滑，掉進了碗裡。用幾塊泡菜和辣椒醬拌得通紅的麵條已經黏在一起了，她用筷子挑了兩下，想把麵條弄散，最後還是悄悄放下了筷子。

通紅的麵條讓她想起石順姐滿身是血的樣子，她再也吃不下了。[13]

那時，她們被帶到偏遠山區的部隊。

一個矮胖的連長把少女召集到軍營前，拔出長刀，瞪著凸出且閃著狂氣的眼睛說：「誰能接待一百個軍人？」[14]

「我們犯了什麼錯？為什麼要接待一百個軍人？」短小精幹的石順姐出聲反問。

連長見石順姐頂撞自己，於是命令士兵把她拉出隊伍。

「我要妳們瞪大眼睛好好看著，反抗會有什麼下場。」

軍人就像扯雞皮一樣扒光了石順姐，乾瘦的石順姐身體就像個男孩。受到驚嚇的少女們為了不叫出聲，緊咬住下唇。連長用吃人般的眼神輪流打量著少女們，她為了躲避連長的眼神，趕緊低下了頭。大家聽到軍營後方傳來一陣釘釘子的刺耳聲響，少女們有預感，很快就會發生可怕的事。

士兵們抬著釘了三百個釘子的木板從軍營後方走來，神情失常的士兵把石順姐拽到木板前。石順姐嚇得往後退，兩名士兵立刻架住她的兩隻手臂。另一個傻笑的士兵用繩子捆住石順姐的雙腳，一人架起她的上半身，另一個抓起她的雙腿，把石順姐放到釘子板上滾來滾去，釘子扎進石順姐赤裸的身體，釘子留下的洞湧出了鮮血。

海琴慘叫著暈倒了；她把臉埋進比自己高出一個頭的金福姐腋下；渾身瑟瑟發抖的基淑姐慘叫著癱坐在地。每當石順姐在釘子上翻滾一圈，天與地彷彿也跟著轉起了圈。天空在少女們的腳下，那些比烏鴉小卻同樣黑的鳥兒，也倒栽在少女們腳下。

對他們而言，殺死少女比殺狗更不足惜。[15]

他們沒有埋葬石順姐，而是把她扔進廁所。他們說埋葬死掉的少女既浪費地，也浪費土。[16]

她分明目睹了那些人是怎麼把石順姐折磨致死，卻一點也記不起，石順姐是怎麼死的了。

*

洗碗時，她突然感到下體一陣劇痛，癱坐在廚房的地上。彷彿有腐蝕的釘子要從那裡掉出來了。[17]

由於下體腫得很嚴重，再也不能接待軍人，他們破口大罵，用釘子扎那裡。[18]

＊

她靜靜清掃著院子，只見一隻死掉的飛蛾四周圍了一群螞蟻。她很詫異，為什麼飛蛾會死在水槽邊。但她轉念一想，飛蛾可以死在任何地方，像是衣櫃、流理臺和米桶。想到這，她點了點頭。

石順姐的老家在平安南道的平壤，但她死在了中國的滿州。石順姐來滿州慰安所前，曾在菸廠做過把一種叫作長壽菸[#]的菸粉裝箱的工作。

石順姐講她在菸廠工作的事給大家聽，「我從早上八點做到晚上七點，一個月能賺到半斗米的錢。」

漢玉姐羨慕地問：「妳是怎麼進菸廠的？」

「參加面試、做了體檢後就進去了。別看我身材矮小，我很機靈的，而且幹勁十足。」

石順姐在菸廠做了一年，某天下班回家，正在煮花豆時，兩名巡警找上門，他們一人騎馬、一人步行。步行來的巡警對石順姐的母親說，要把她的女兒送去日本的紡織廠。夏至後，白天也變長了。

「巡警說，五天後會來接我，教我不要再去菸廠，乖乖在家等。他還說，

日帝強占期，朝鮮總督府在專賣局銷售的粉狀香菸。

如果我逃跑，會把我們全家拉去槍斃。我媽哭著說，死也不能讓我走。我卻忙著撿花豆吃，真是太好吃了。五天後他們真的來了，我連早飯都沒吃完就被他們帶走了。」[19]

「我正在吃沾大醬的生菜，就被四眼田雞帶走了。他一直催我，再不走就來不及坐火車了。[20]」漢玉姐說。

「四眼田雞是誰？」東淑姐問。

「當巡警走狗的老金。在我老家，就連路過的狗都知道那個四眼田雞。」

她放下掃把，蹲在飛蛾的屍體前。飛蛾形似子宮。幾十隻螞蟻附在飛蛾身上，用比眉毛還細小的牙齒咯吱咯吱地撕咬著如子宮般的飛蛾屍體。那些螞蟻讓她回想起排成兩列、不斷湧入房間的日軍[21]。

她感到一陣作嘔。

她握緊拳頭，伸出右腳去踩那些螞蟻，魂飛魄散的螞蟻四處逃竄，當她看到被踩扁的螞蟻拚死掙扎，才被自己突然的舉動嚇到，不寒而慄地收回了腳。

她很想知道，如果神有在看自己，會作何表情？是緊鎖眉頭，還是撐眉努眼，又或是一臉憐憫呢？

神也有臉孔嗎？如果有，也會像人一樣衰老嗎？

她覺得如果神也有臉孔，是不會衰老的。不是因為神不會衰老，而是已經老到不能再老了。

*

她從衣櫃裡取出褥子，鋪在鏡子下，背靠著門檻坐在那裡，用手一遍又一遍的抹平褥子。午後的陽光斜照進簷廊，她的影子在褥子上像尿痕一樣蔓延開。

她躺在褥子上，仰望天花板，雖然閉著眼睛，卻沒有一絲睡意。她沒有強迫自己睡覺，因為她知道人就算不睡覺也不會死掉。[22]

在過去的七十年裡，她從未徹底入睡。軀殼沉睡時，靈魂是清醒的；靈魂沉睡時，軀殼是清醒的。

她睜開緊閉的雙眼，緩緩轉過身，用手撫摸著褥子，彷彿有人會來到她的身邊躺下般。

但她的身邊，從未躺過任何人。

2

她的鞋子一直放在原有的位置上，左右腳緊貼，就像從沒有離開過原地。鞋子髒兮兮的，看上去就像五歲小女孩的鞋子一樣小。

她怔怔地坐在電視機前。臥室和簷廊間迴盪著不知是電視、還是從她嘴裡傳出的聲音。

電視裡一個腰彎得像鐮刀的老婦人，在固定地點賣了四十多年的拌飯。大鋁鍋裡正熬著豬骨湯，旁邊擺著十幾碗盛有米飯和野菜的大碗，滿滿的豆芽、菠菜和蕨菜等蔬菜蓋住了米飯。據說，上了年紀的石匠們常來吃拌飯。

老婦人用湯勺舀起豬骨湯倒進大碗裡，直到野菜都浸泡在湯裡，再把大碗裡的湯倒回大鋁鍋。把大碗裡的湯倒回去時，老婦人會用湯勺按住碗裡的東西，以防蔬菜和米粒也跟著流出來。老婦人以熟練的手法反覆了幾次這樣的動作。

就像花蕾綻放那樣，她依次展開左手的手指，盯著左手掌心，嘴角露出一絲微笑。

她常常看到幻影，看到螺螄出現在自己的掌心，一共六隻大大小小的螺螄，彷彿螺螄一家和樂融融地歡聚一堂。

她明知這是幻影，還是不安地覺得螺螄會掉出去。果不其然，稍大一點的螺螄搖搖欲墜地掛在拇指與食指間的縫隙。她趕快抓起那隻螺螄放回手掌中央。雖然知道幻影會在瞬間像泡沫一樣消失，她還是感受到了螺螄的蠕動，因而隨之抖了一下肩膀。

她知道螺螄這小小的生物擁有強大的生命力，更知道這些如同橡皮擦屑揉成團一樣的小傢伙為了生存，離開水後會有多麼頑強。

但那已經是七十多年前的事了……

七十多年前，她在家門口的河裡撿螺螄，被幾個突然出現的男人拖到了河堤。

一人抓著她的腿，另一人架著她的手臂，把她抛上了卡車貨斗。由於兩個男人抛得過高，她狠狠摔了下去。車上還坐著五、六個少女。[23]

她記不清是四個還是五個男人了，一群人講著日語，其中一個負責把少女們從大邱站送到哈爾濱站。她很怕被殺死[24]，所以不敢問男人要把自己帶去哪，有的只是無限的恐懼。[25]

卡車開到小溪邊的一家旅館後，又上來一批少女。有別於驚慌失措的她，從旅館出來的少女們歡聲笑語，看起來十分開心。從旅館出發前，她去了趟廁所，看到滿山遍野的紫花。她新奇地望著生平第一次看到的花。

一個少女走過來問她：「漂亮吧？」

「那是什麼花？」

「桔梗花。」

少女高出她一個頭，身穿黑色的短裙和繫著扣子的長赤古里[#]，腳上踩著一雙木屐。

「我摘給妳？」

聽到少女這麼一問，她糊里糊塗地點了點頭。少女往山坡走去。這時，一個男人大吼了一聲，少女嚇了一跳，慌張之餘，踩扁了地上的桔梗花。後來在火車行駛的一路上，少女踩著木屐的腳上一直粘著那朵踩爛的桔梗花[26]。

卡車開了好一陣子，終於把少女們載到大邱站。

她這輩子最後悔的一件事就是沒有從大邱站逃走，但即使再次回到從前，她應該也不敢這麼做。綁架她的男人看守著少女們，而且大邱站到處都是日本憲兵和軍人，生平第一次，她被火車站裡的氣勢嚇呆了。

\# 朝鮮女性傳統服裝。

為了不被像波濤一樣湧入的人潮擠散，少女們手拉著手。她們的年齡大約十五、六歲，穿著各異，有的人穿著羽織#和燈籠褲，有的穿黑裙和白色赤古里[27]。她則穿著寬大的褲子和黑色粗布赤古里[28]。

距離少女們不遠處，有一個穿著白色赤古里、梳著如絲綢般髮髻的老婦人抱著用白布包裹的大公雞，雞冠又大又紅的大公雞從包裹裡探出頭來，拚命搖晃著腦袋。

每當漆黑的火車頭冒出如黑木耳般的黑煙，她就會攥緊左手。不知道自己要被帶去那裡的她，左手仍攥著六隻螺螄，隨波逐流地被推上火車。由於拳頭攥得過於用力，螺螄彷彿在掌心鑽出了洞。

一個高大、有點面熟的五十多歲男人把少女都趕上火車。他就是抓著自己的腿拋進卡車貨斗的男人。在當時，年過半百就算老頭子了[29]。他穿著一條寬褲和白色赤古里，一頭蓬鬆的頭髮就像剛在鹽田裡打過滾一樣花白。

他給了少女們像餅乾一樣乾巴巴的麵包塊。[30]

車廂中間隔著走道，兩邊面對面、並排坐著三個少女。兩人一組的日軍時不時在走道上走來走去。[31]

火車在浦項停下，又帶上來三個浦項的少女。

從大邱出發的火車經過一個名為元山的地方時，攥在她左手的螺螄還在蠕

日本和服外套。

動。她刻意不讓自己睡著，擔心一旦睡著，螺螄會從指縫溜走。雖然這種信念很茫然，她還是希望能把這些螺螄放生回老家的那條河。她怕螺螄乾死，於是用手指沾著自己的唾液塗抹在螺螄上，但散發著微臭又甘甜氣味的唾液很快就乾了。

她突然很好奇，剩下的最後一個人在聽到另一個人離世的消息時，是怎樣的心情呢？那個人會不會像在茫茫大海上獨自漂流的孤舟，感到寂寞和恐懼呢？即使不告訴全世界，但是否應該讓那個人知道，這裡還有一個人呢？

但她不知道那個人住在哪裡。

她也是日軍慰安婦，世人卻不知道她的存在，因為她沒有向國家申報。她覺得一定還有很多人跟自己一樣默默地活著，沒有去申報，是因為太羞恥，即使這不是自己的錯。[32]

她掃視了一圈房間，像是突然忘卻自己身在何處，視線最後固定在鏡子上。每天早晚照的這面鏡子，彷彿一下子變成從未探視過的迷宮，讓她備感陌生。

這是哪裡……

火車行駛期間，她在心裡問了幾百遍這個問題。這是哪裡……在大邱站上車的她從未去過離家十里以外的地方[33]。她茫然地感覺到，這列火車正駛向北方[34]。雖然很奇怪為什麼火車要一路向北，但她始終沒有問出口。別人說是大田，她就以為是大田；說是峰泉，她就以為是峰泉；說是清津，她就以為是清津。[35]

她豎起耳朵聆聽少女們的竊竊私語。

「妳也是去滿州嗎？」[36]

「我也是去滿州。」

「我們也去滿州。」

「聽說去滿州，賺的錢得用大麻布袋裝呢。」

只知道離家十里內的她，根本不知道滿州在哪裡。

「他們說要讓我去當護士，我才來的。」[37]身穿紅絲緞赤古里和黑色短裙的少女說。

「我是要去做衣服的工廠。」穿淡綠色赤古里、留長辮子的少女說。

「我要去山田工廠織蠶絲。」[38]眼睛像針一樣細的少女臉上還長著麻子。

「我是要去一個好地方。」穿黑短裙和白色赤古里的少女咧嘴一笑。

「好地方？」

「村長說要介紹我一份好工作，父親問他是什麼工作，他說，是個好地方、好工廠。總之是好工廠，去了就知道。」

「錢給得多嗎？」

「那要看到時候做得怎麼樣。」[39]

「妳去哪家工廠？」坐在她旁邊的少女問道。少女穿著棉質的赤古里，袖口露出了骨瘦如柴的手腕。

「不知道。」她原想說自己是被人綁來的，但目光跟守在一旁的男人四目相對後，立刻閉上了嘴。

火車繼續行駛著，途中，還會在隧道裡停上好半天。不知道是第三天還是第四天，中途換乘了一次火車，但她記不清了。

男人最後讓少女們在哈爾濱站下了車。雖然已經五月中旬，那裡卻像三月初一樣涼快。哈爾濱的天空就像糊了一層水泥似的陰冷、堅硬。少女們不知道那裡即使到了三月，也會下一場淹沒襪筒的大雪。

大家已經三、四天沒洗過臉了，火車的黑煙把少女們的臉蛋熏得黑呼呼的。眼睛又圓又大的少女身上的那件白色紫微紗赤古里也佈滿汙漬，看起來又髒又縐。

車站周圍都是日軍，他們整裝待發，揹著的軍用毯就像一顆瘤，右肩扛著長槍，成群結隊地趕往某處。也有躺在地上睡覺的軍人，他們戴著鋼頭盔統一朝著一個方向躺在那裡，大家彷彿都作了同樣的惡夢，表情十分痛苦。這些人裡，還能看到像玩累後睡著的孩子般稚嫩的臉龐。有的軍人睡得很死，牙齒磨得咯吱作響，連頭盔脫落滾到一旁都不知道。即便裝載一大車碎石的馬車從他們身邊經過，也沒有人醒來。

車站前的角落坐著一群懷裡抱著黑白粗布包裹的少女，也都像好幾天沒洗過臉那樣髒兮兮。火車站四周塵土飛揚、泥水四濺，只見一輛破舊不堪的貨車從遠處駛來，停在少女們面前。

貨車在一望無際的原野上顛簸了半日[40]，最後在一處四面用膠合板圍起、屋頂用屋瓦蓋起的房子前停下。

一個身材胖墩墩、穿著鴿子色和服，腳踩木屐的女人穿過鐵柵欄[41]走出來。女人看到少女們從貨車下來，便像數山羊一樣數起人頭。

天空的晚霞像潑了一盆血水似的通紅[42]。

她望向鐵柵欄，忽然尖叫出聲，只見一個穿著藍色和服、滿臉通紅的女人像鬼一樣站在那裡，嘴裡還叼著東西。那不是真的人，而是稻草人，嘴裡叼著蒟蒻。[43]

數完人頭的女人突然跟貨車司機用日語吵了起來，她嚇得躲到抱著包裹的少女身後。一路上，那個少女一直抱著那個粗布包裹。火車開過清津時，少女從包裹裡取出白米蒸糕分給大家吃。那是少女的母親怕她挨餓，特地為她準備的乾糧。白米蒸糕上還有幾粒像老鼠眼睛一樣小的黑豆。黑豆酸了，但少女們還是把白米蒸糕放進嘴裡，雖然要嚼到稀爛才嚥得下去。[44]

氣急敗壞的司機像趕牲口似的把少女們趕進鐵柵欄。留著長鬍子的司機穿著黃色燈籠褲，頭上戴著一頂破帽子和度數很高的金框眼鏡。[45]

女人讓少女們稱呼自己「哈哈」，她從其他少女口中得知「哈哈」在日語裡是媽媽（はは）的意思。哈哈對少女們說，妳們從明天開始接待軍人。她以為接待的意思是幫軍人煮飯，洗軍服和襪子。

以為自己要去山田工廠織蠶絲的少女問哈哈：「什麼是接待軍人？」[46]

少女說，不知道火車是去中國還是日本[47]，只知道自己要去山田工廠。即使火車一路向北，她仍堅信自己要去的地方是山田工廠。她以為山田工廠在北方。

「軍人來了，妳們就陪他們睡覺。」[48]

聽哈哈這麼一說，少女們莫名其妙地互相看了看彼此。就在大家察覺到周圍只有一處像豬舍一樣的房子時，更加疑惑，怎麼看不到像工廠的建築呢？

「為什麼我們要陪軍人睡覺？」

追問哈哈的少女在火車行駛的一路上，告訴大家正經過了鏡城、平壤、新義州、滿州安東和長春等地。

「妳們來了接待軍人的地方，就要陪他們睡覺。」

「他們說要送我去當護士，我才來的。要是知道要陪軍人睡覺，我才不會來。」齙牙的少女忿忿不平地說。

「只要獻身給大日本帝國，我就會好好照顧妳們。」[49]

「村長說介紹好工作給我，我才來的。」

「那我就不知道了。[50]」女人若無其事地說。

「你們為什麼說謊？[51]」在火車上分白米蒸糕給大家吃的少女質問。

她話音剛落，哈哈一巴掌打在了她的臉上。

少女們開始嚷著要回家，哈哈不耐煩地恐嚇，那就把送妳們來滿州的旅費還清，還不清的人別想走。[52]她很想說，自己是在撿螺螄時被綁來的。但因為害怕，始終沒有張嘴。

「妳們不服侍那些軍人，他們怎麼打仗啊？[53]」哈哈板著臉說。

「早知道是來做這種事，我絕對不會來。」

少女搖著頭，說不陪軍人睡覺，但可以做飯、洗衣服。哈哈又打了那個少女一巴掌。

她不知道陪軍人睡覺和獻身意味著什麼，除了想見母親，她沒有任何想法。她開始抽泣，也嚷著要回家。哈哈說她哭得惹人心煩，於是也動手打了她。

哈哈對那個以為要去山田工廠織蠶絲的少女說：「從今天起妳就叫文

子。」

少女就這樣成了文子。

哈哈對另一個少女說，從今天起妳就叫岡田，於是少女就成了岡田。[54]

到了晚上，哈哈把少女們一個個關進房間。

少女們聚在一起時，不會用哈哈取的日本名字，而是互相稱呼彼此在老家的名字。

她回想著少女們的名字，有時還會念出聲來。基淑姐、漢玉姐、候楠姐、海琴……金福姐、秀玉姐、芬善姐……愛順、東順姐、妍順姐、鳳愛、石順姐……在火車上，坐在她旁邊的少女正是基淑姐。順德、香淑、明淑姐、君子、福子姐、誕實、長實姐、英順、美玉姐……

在火車上，說要去針場的少女是漢玉姐；去好地方工作的少女是愛順；前往大邱站途中，在旅館門口要去摘桔梗花的是東淑姐；以為自己去山田工廠織蠶絲的少女是鳳愛……

妍順說自己是瞞著母親，假裝去上廁所才偷跑出來的[55]。身為長女，她心想如果能去工廠賺錢，就不會讓弟妹們餓肚子了。

「我媽生了老么，因為肚子裡沒東西，孩子生出來跟小老鼠一樣小。奶奶說，如果生孩子的女人挨餓是會瘋掉的……於是我捧著木瓢挨家挨戶討吃的給她。」[56]

以為那些人送自己來滿州當護士的少女是秀玉姐。

她的嘴巴張著像棗核一樣小的細縫，舌頭在嘴裡蠕動了一下，但那如同馬糞紙一樣乾澀的舌尖上，卻怎麼也想不起那個人的名字了。

她之所以能念出少女們的名字，是因為她像背九九乘法那樣背下了大家的名字。她扳著手指，念出那些人名，但有些人的名字，始終想不起來了。

還有父母尚未取名、連個像樣的名字都沒有就被抓來滿州的[57]。講釜山方言的少女就沒有名字，但她在慰安所有了兩個名字，一個是哈哈取的，一個是日本軍官取的。

哈哈也給她取了一個日本名字。就這樣，她有了四個名字，在老家叫的小名，父親為了報戶口取的本名，面事務所職員在戶籍上記錄的名字，以及哈哈取的日本名字。

如果加上軍人給她取的名字，那她的名字就超過了十個。那些軍人從她身體經過時，都會隨便用一個名字叫她[58]。富子、吉子、千惠子、冬優子、惠美子、彌生子……

一個身體，卻有四個名字。不知道是不是因為這樣，有時她覺得身體裡彷彿住著四個靈魂。只有一百五十公分的身體裡竟住著四個靈魂。

在慰安所，她簡直恨透了自己只有一個身體，卻有二、三十個人如蚜蟲般撲向她的身體。

那唯一的身體並不是她自己的。

即便如此，她還是附在裡面，活到了現在。[59]

*

抵達滿州慰安所的第二天，哈哈把少女召集到院子裡。換下黑色破帽，戴上深灰色破帽的歐都桑把少女們趕到田野裡，走著走著，少女們看到了日軍營，大家聽到叫喊聲，抬頭一看，只見鐵柵欄另一頭是一整片黃色的日軍。

大概走了三十多分鐘，出現了一處隨便搭建的草屋[60]。沒有籬笆的草屋門前停著幾輛軍用卡車，一群日軍在草屋周圍徘徊。歐都桑命令少女們排好隊，每個人都想往後退，想排在最後面。見此情景，歐都桑一拳打在金福姐臉上。受驚嚇的金福姐用手捂著臉走到前面，其他人也一個接一個走進了草屋。她排倒數第三。草屋的那扇門只有進出時才會打開，所以她根本看不到裡面有什麼。

第一個進去的愛順姐似乎看到了什麼不該看的東西，紅著臉跑了出來，她急匆匆地打理黑裙，一邊像在尋找藏身處般四處張望，最後跑到軍用卡車後蹲了下來。海琴接著走了進去，很快便傳出她的慘叫聲。第三個走進去的金福姐也一臉驚恐地出來。隨著隊伍的人數逐漸減少，她越來越害怕，然而歐都桑的軍靴正踩著她想找藏身之處的影子上。

最後還是輪到她了。她推開那扇門走進草屋，只見軍醫和護士等在裡面。護士是個上了年紀的日本女人，臉大得像岩石。

護士用日語和朝鮮語要她坐到像椅子、帶有方洞的木臺上，她這才明白剛才少女們為什麼都拽著裙子，一臉驚嚇的跑出來。

少女們在草屋裡接受了婦科檢查，那個木製的東西正是檢查臺。

「帶了個孩子來啊。」像幽靈般面無血色的軍醫用日語嘟囔著，拿起如鴨嘴般的鋁製工具，推進她的胯下。

少女們從草屋回來後，哈哈發給每人一套像米袋一樣的黃衣服，然後教大家怎麼套保險套。

「妳能放我回家嗎？」愛順苦苦哀求。

「妳聽話，多接幾個軍人，到時候就算妳不說，我們也會送妳回家的。放心吧。[61]」哈哈拿起像洩氣的魚鰾的保險套，套在自己的大拇指上。

哈哈還用剪刀剪掉了她們的長髮。悶悶不樂的海琴嚇得站起身來，因為哈哈一刀剪掉了連她母親都不敢隨便亂剪的長髮。從那天晚上開始，少女們便開始接待日軍。她跑到院子裡抽泣時，看到蜂擁而至的日軍。

興奮的軍人有說有笑的聲音越來越大，哈哈呼喊著，把少女們趕回了各自的房間。

隔天早上，她去後院洗臉，看到少女們哭著在洗沾了血的衣服。[62]少女們無法直視彼此的臉。她的下體腫著，兩條腿都無法闔攏了，那裡就像被毛毛蟲螫過般隱隱作痛，甚至還在漏尿。

金福姐對東淑姐說：「我們一起去死吧。」[63]

海琴的下唇被昨晚的日本軍官咬得又黑又腫，像吸飽血的水蛭黏在那。[64]

她記不清第一天總共接待了多少日軍。[65]

軍人就像玩抓石子遊戲一樣，把年僅十三歲的她折磨了一整夜。[66]

*

她會突然感到手足無措、羞恥得用拳頭捶打胸口，並喃喃自語，都是我罪孽深重……即便是半夜驚醒、走在路上、等公車或吃飯時，她都會突然捶打胸口，嘟囔相同的話。即使自己是在一無所知的情況下被抓走的，即使自己連十里外的地方都不知道……

她懇求第一個經過自己身體的日本軍官原諒，即使她沒有任何錯。

「我錯了……」

軍官抽出大刀。當大刀劃破她的衣服，她的翅膀彷彿也被撕裂。[67]

在她懇求原諒時，基淑姐正在喊救命。軍人見基淑姐大呼小叫，於是掏出口袋裡的摺疊刀劃破了她的大腿[68]。其他房間的士官則用火柴去劃海琴姐的陰阜[69]。

少女們像輪唱般不停發出慘叫，那是沒有開始和結尾的輪唱。滿州慰安所的少女們僅隔著一張膠合板，一清二楚地聽見彼此發出的慘痛呻吟。[70]

3

她住的平房位於十五段。房子建在十六坪多的空地上，院子空無一物又寒酸，廁所門前的水槽也只有臉盆那麼大。

算起來，她已經在那裡住了五年，但從居民登記上看，她從沒在那房子裡住過一天。五年前她搬來時，沒有申報居住地遷移。或許是這個原因，她才時不時感到焦慮不安，好像是偷偷住在別人家。

沒有申報也是有不得已的理由，因為在居民登記上，住在那裡的應該是平澤的侄子夫妻。十五段被劃分成都更區域，侄子為了拿到新房購買權，故意在十五段以全租方式租下這戶平房，並向洞事務所申報居住地搬遷。侄子名下的居民稅明細、汽車保險單、國民健康保險公團或國稅廳的信函都會寄到那裡，但她不會拆開看，而是保管好，等侄子來時轉交。

平澤的侄子是妹妹的兒子。也許是因為沒有親眼看著侄子長大，才會覺得侄子像是毫無血緣關係的陌生人，加上侄子性格木訥，她覺得很難相處。正因如此，當侄子提出讓她搬進這戶平房時，她既感激又充滿壓力。她不想欠這個人情，但侄子再三懇求，她只好答應。

她答應後，侄子才提到新房購買權的事，再三叮囑她千萬不可以去申報居住地遷移。難道侄子就那麼討厭看到戶口名簿上寫著她跟自己生活在同一個屋簷下嗎？想到這，她很難過，心裡十分不是滋味，但沒有表露出來。不用猜也知道那些不知內情的親戚說了些什麼。他們肯定會說，如今這世上，孩子連自己的父母都不管，侄子竟然願意照顧走投無路的阿姨。

她知道侄子為什麼偏偏要自己住進這戶全租的房子，因為她沒有孩子[71]，日後肯定不會有問題。

大家都不知道她去了哪裡，遭遇了什麼[72]。以為她是漂泊不定到處去人家裡做幫傭，錯過了適婚年齡。她又沒成為誰的累贅，妹妹們還是看不慣她一個人生活。她無法把那些事告訴家人，一提到男人，她就心驚膽跳[73]，恨不得扣下消音槍的扳機[74]。誰要是跟她提出嫁的事，她也恨不得大打出手。[75]

每隔一兩個月，平澤的侄子會來一趟。聽說他在公寓當警衛，難怪會在這把年紀為了得到新房購買權，跑到都更區租下這房子。六十多歲了，連一間自己的房子也沒有。

按照戶籍記載，她的居住地應該在水原華城附近的多戶型公寓。但女房東早就把那套房子租給別人了。在她搬走前，房東一直很擔心年過九旬的她住在那。

有一次，她偶然聽到其他房客在樓梯向房東訴苦：「那老太太年紀那麼大，搞不好我們還得替她送終呢。」

房客搬走後，如果沒有申報居住地遷移，房東便可以申請註銷居民登記。不久前她才聽別人聊起這些事，在此之前從來沒有人告訴過她。她心想，房東沒有理由放著不管，一定早就申請註銷居民登記了。

等這區真的要拆房，自己又該何去何從呢？她沒有問侄子，因為覺得不能問。雖然過不了多久這戶房子就要被拆毀，她還是早晚打掃，時不時的擦擦門框、窗框的灰。老房子了，稍微偷懶都會顯髒。

*

她正打算走出大門，但又停下來環視了房子一圈。她突然很好奇，以前住在這的人家有沒有生過孩子，或許這裡曾經住著一大家子，也有過歡聚一堂的回憶。

每次走出大門，她都有一種是要永遠離開這房子的感覺。自從幾天前大門的鑰匙轉不動了，她變得更不安。不過是鑰匙鏽蝕得太嚴重，卻像被趕出了家門，窘迫地蹲坐在大門口。

陰暗的小巷裡流淌著蕭瑟的寂靜。那條小巷只住她這一戶，連盡頭的那棟雙層洋房也是空的。這兩、三年來，十五段這區的空房急遽增加，只有像她這種有不得已苦衷的人才會留下。

小巷緊連著另一條小巷，也是死一般的寂靜，彷彿所剩無幾的人家也都搬走了。她在小巷裡徘徊了二十多分鐘，始終沒見到一個人。她心想，如果有誰出現在這條小巷裡，她願意把自己擁有的一切都給對方。心、肝、腎，甚至雙眼都可以，但她始終沒有看到一個人影。

她走在像滑梯般陡峭的小巷，突然停了下來，低頭俯視自己的腳。她覺得腳上踩的不是鞋，而是死掉的喜鵲。即使雙眼確認了不是喜鵲，還是無法收回視線。她擔心一旦移開視線，那雙鞋就會變成死掉的喜鵲。

*

裁縫店的女人不知去哪了。這個店鋪兼住家的地方只有三坪大，裡面擠滿各種家當，螺鈿衣櫃、螺鈿梳妝臺、電視、雙人餐桌、縫紉機、晒衣架、三層抽屜櫃和電風扇。餐桌上擺著電子鍋和各種藥瓶，晒衣架上滿是毛巾和內衣，眼鏡盒、捲紙和零食袋等東西亂七八糟地散落了一地。女人在這裡生活和工作，靠接一些縫拉鍊或做窗簾帶子的針線活維持生計。

一隻小白狗蜷縮在縫紉機下的粉紅色花邊坐墊上，雖然看上去像剛斷奶沒多久，其實已經十三歲了。

一直盯著她看的小狗本想站起來，又癱坐回去。她覺得狗不是動物，更像個人，因為狗會做出人的表情。她很好奇為什麼狗會做出人的表情，難道是因為跟人住在同一個屋簷下，自然而然變成這樣的嗎？

她看到那隻狗做出跟人一樣的表情，心裡很不舒服，加上脫毛和皮膚潰爛的樣子，更是不堪入目。

據說這隻狗一共生了五十隻小狗。每當女人抱著牠炫耀此事，她都會默默搖頭。這麼小的身體，怎麼能生下五十隻小狗呢？

女人是利用人工受孕的方法讓狗懷孕，然後把產下的小狗直接拿到寵物市場賣。以寵物來講，這是很受歡迎的品種，加上是純種，收入十分可觀。女人說，每次等到狗產子時，為了保住每一隻小狗，都會幫牠打麻醉再剖腹取出。女人親自縫合的刀口就像地震帶，兇殘地留在狗的肚子上。

她轉過身，慢吞吞地蹲坐在門檻上。盯著她看的狗從坐墊上下來，吃力地拖著後腿和屁股來到她身邊。狗在她支撐門檻的手邊蹲了下來，用舌頭舔起她的手背。癢癢的感覺促使她抽動了一下手指，但狗還是不以為意地拚命舔著。

看到比自己的腳還小的狗竭盡全力地討好身為人類的自己，她感到既不舒服，也很不是滋味。

「別舔了……」

她無法理解為什麼這隻狗會全心全意地舔自己的手，自己從沒好好撫摸過牠。每次狗搖著尾巴歡迎她時，她都無法接受那像人一樣的表情。

看到女人回到店裡，她也沒有收回自己的手。

「可愛吧？」女人傲慢地問。

「可愛……」她難為情地收回手。

「喜歡的話，就帶回去養吧！」

「我？」

「牠吃得不多，也不會隨地大小便。」

「為什麼……要給別人？」

「誰想養，就送誰。」

她知道這女人講話粗魯、口無遮攔，但絕不會講心口不一的話。

「妳把牠從小養到大，也有感情了，怎麼捨得隨便送人……」

「孩子大了都能割捨掉感情，何況是一隻狗？」

她知道女人的心思，狗老了再也不能生小狗了，才打算送人。

女人對待狗的態度讓她困惑。女人可以殘忍地用人工受孕強制讓狗懷孕、產下小狗，有時又跟疼愛自己親生孩子一樣，把狗照顧得無微不至。幾天前，女人還煮了明太魚頭餵狗。她搞不清楚哪一邊才是女人的真心？如果兩者皆是，又怎麼可能不像磁鐵的正負極一樣互相排斥，共存於她的內心呢？

據說女人在十五段生活了四十年，曾是消防員的丈夫不到四十歲就因肝硬化去世了。女人獨自扶養三個兒子，為了養家每天工作到深夜，凌晨五點還要起床準備六個便當。女人說，要是再讓自己活一次，絕對活不下去。但對女人而言，至少有過令人懷念的歲月。

她的視線在縫紉機下來來回回，不知何時，那隻狗已經踡縮在縫紉機下的坐墊上。

女人走到冰箱，倒了兩杯牛奶，把裝有半杯牛奶的玻璃杯放在她面前。見她無動於衷，又拿起玻璃杯遞到她手裡。

「我喝牛奶會消化不良……」

牛奶也會讓她聯想起男人的精液[76]，但她說不出口，只好隨便找了個藉口。

＊

軍人命令她把精液嚥下去[77]。見她不肯，便從腰間拔出一把小匕首插在榻榻米上。

少女們必須服從軍人的命令。若不聽話，甚至還會用手槍射擊那裡。世上的人類都是從槍口瞄準的地方誕生的，那些軍人卻把這件事忘得一乾二淨。

有一天，一名日本軍官用槍打了明淑姐那裡，因為明淑姐挨了打還是拚命反抗，她被打得暈過去，但醒來後仍不停反抗。子彈穿透了明淑姐的子宮，雖然人沒死，那裡卻變成腐爛的南瓜。[78]

嚥下精液時，她真覺得還不如去吃屎。[79]

後來她連魷魚也不敢吃，因為魷魚腿上的吸盤像極了感染梅毒時擴散全身的水泡。水泡一經擴散，連雙眼都會發癢，癢得恨不得用針去刺自己的眼珠。[80]

＊

她離開裁縫店，走在小巷裡喃喃自語——為什麼偏偏是我呢？

為什麼裁縫店的女人對狗的態度會令自己混亂，甚至痛苦呢？她心裡明白，這是因為那個女人讓她想起了哈哈。

哈哈給少女們取日本名字，發給她們衣服和食物，以及稱為「ちり紙」的粗紙[81]、綠褐色的肥皂、牙刷、粉狀牙膏、用紗布做的衛生巾和毛巾。還有一種像米袋、叫作「簡單服」的藏青色洋裝。

如果少女們不聽話，哈哈就會告訴丈夫，那個駕駛貨車把少女們從哈爾濱站送到慰安所的司機。大家都叫這個陸軍出身的男人歐都桑。金福姐告訴她，歐都桑在日語裡是父親的意思。慰安所廚房的牆上，掛著一張男人身穿兩顆星軍裝的照片。[82]少女們圍坐在幾張膠合板拼湊而成的餐桌前吃飯時，哈哈一家人也在隔壁吃飯。雖然少女們眼前只有稀粥和日式醃蘿蔔，卻能聞到秋刀魚和牛肉湯的香味。

哈哈一家人住在慰安所旁單獨搭建的小木屋，歐都桑則一直住在慰安所入口的房間，以便監視大家，他還在房間裡藏了刀和槍。為了防止少女們逃走，還在鐵柵欄上通了電。

一想到哈哈的兩個女兒，她的心情就怪怪的，因為她們也叫那個女人哈哈。

*

話說回來，裁縫店的女人還想過把狗賣給首爾理髮店的女人。但首爾理髮店的女人直接拒絕了，說自己屬虎，不適合養狗。那女人說自己的丈夫是個勞碌命，一直在工地奔忙，而且夫妻八字相沖，最好分開過日子。她很詫異，八字相沖的怎麼會互相吸引、結婚生子？難道不會在結為夫妻前就心生顧忌而分手嗎？

她心想，也許是八字、本性和神的意旨決定了一個人的命運。或許這些東西加在一起便能左右一個人的命運。

雖然她不確定神是否存在，有時卻覺得自己能感受到神。晨曦初露時、成群結隊的麻雀飛出草叢時、一口咬在甜甜的桃子上時……回想著那些感受到神的時刻，她不禁大吃一驚，原來有那麼多次自己感受到了神的存在。生平第一次看到桔梗花時，她也感受到了神。

她甚至對神產生了畏懼。

雖然不確定神是否存在，卻擔心神會看到自己，就連掉在院子裡的木瓜也不敢偷偷撿走。她害怕神會聽到自己，連在心底詛咒別人都不敢。

她甚至比那些口口聲聲說神存在於人世間的人，更加畏懼神。

她之所以拒絕領養裁縫店女人的狗，其實另有原因。她擔心自己走得比狗早，那就沒人照顧那隻狗了。

她既沒有丈夫也沒有孩子，人們常常勸她不如養隻狗或貓。她做了六年幫傭的那戶人家的奶奶也說，她有救生功德。所謂救生功德是指「救活生命的功德」。因為兒媳養死的花草到了她手中都能奇蹟般的起死回生，甚至開出花朵。據說就算是奄奄一息的人，只要有救生功德的人照料也能起死回生。但她不覺得自己有什麼救生功德，那些花草能起死回生，完全是因為自己手腳勤快罷了。她用洗米的水澆花，把花盆搬到陽光充足的地方，早晚還會查看一遍是否有枯枝。

就算九十歲的自己會活得比那隻狗更久，她也不會領養牠，她不忍心看著牠一天天病死，就像不想看到那隻貓送來戰利品。她希望那隻貓別再出現了，可如果那隻貓四天沒出現，她又會不安。那隻貓多大了？有過主人嗎？如果有，是被拋棄了嗎？

她擔心有一天，那隻貓會抓來一隻活喜鵲。更擔心有一天，那隻貓會把死掉的少女送到她面前。

神也會覺得我們很髒嗎？

＊

滿州慰安所是一個就算想上吊自殺，也找不到一棵樹的地獄。跑到田野裡也只能看到秕穀之類的東西，只有遠處的高山才有大樹。據說，要沒日沒夜的走四天，翻過那座高山，才能抵達蘇聯的領土。

所以少女們割斷手指喝血、吞下鴉片，以此了斷自己的生命。大家怎麼會知道割斷手指，喝下自己的血、吞下鴉片後，可以在睡夢中死去呢？[83]以這種方法死掉的基淑姐半張著嘴，凝結著鮮血的牙齒就像一粒粒的石榴籽。

老家在密陽的基淑姐曾在日本人經營的製棉場上班。基淑姐說，工廠有一臺機器專門分離棉花的棉與殼，她曾親眼看到有人的頭被捲進那臺機器。[84]

「那男人跟我叔叔年紀差不多，當時他女兒也在場。大家束手無策，急得跳腳……他女兒跟我同歲，但連個像樣的名字都沒有，大家都叫她丫頭。丫頭比我更早離家去賺錢。自從她爹走了，家裡只剩下她一個能賺錢的人……聽說她去了日軍工廠……那事我都歷歷在目，更何況是她。一開始只是幾根頭髮捲進去……然後剎那間，整顆頭都捲進去了……」

尋死的那天早上，歐都桑給基淑姐打了鴉片，她跑到院子裡跳起了舞。守在慰安所院子裡的稻草人也搖晃著和服的袖口跟著她跳。哈哈叫那個稻草人遙，遙的臉比少女們抵達慰安所時更紅了。有傳聞說，每天夜裡哈哈都會在遙的臉上抹鮮血。雖然沒有人親眼證實這件事，但遙的臉有別於少女們日漸泛黃、黝黑，一天比一天更紅了。

基淑姐死後，她常常夢到自己走在滿州慰安所的走廊，叫基淑姐出來吃早飯。哈哈每天只讓大家吃兩頓飯，如果錯過了早飯就要餓一整天，不然就只能靠軍人偶爾給的壓縮餅乾充饑。有些軍官晚上會來慰安所睡覺，少女們因此常常沒辦法吃早飯[85]。在夢裡，她總是找不到基淑姐的房間，因為每個房間掛的名牌上的名字都不見了。

哈哈會在每個房間掛上寫有少女們名字的名牌。梅子、清子、文子、榮子、絹惠、痲子……用筷筒大小的木頭做成的名牌就像靈位，上面寫著的名字不像活著的少女的名字，更像是死掉的少女。

如果有人感染了淋病或梅毒，哈哈就把門牌翻過來。如此一來，軍人就不會在那個房間門口排隊。那些軍人用帶有鐵把手的、在地獄稱之為鐵鞭[86]的鞭子、燒得通紅的鐵條[87]、鐵棍[88]、刀和腳[89]虐待著少女們。他們甚至還把燒得通紅的鐵棍插進少女們的陰道，陰道被燒焦的肉都黏在了鐵棍上。[90]

少女們作夢也沒想到，那些人說會給新膠鞋穿、給白米飯吃的地方會是地獄。[91]

*

她走進荒無人煙的小巷，走著走著停下步伐，環顧起周圍的空屋。那些空屋千姿百態，有的緊鎖門窗，有的大門敞開，有的窗戶玻璃被砸得面目全非，碎玻璃都濺到了小巷裡；有的堆滿丟棄的傢俱和垃圾。

她心想，如果是自己，搬走前一定會鎖好所有的門窗。

偶爾也能看到不知道是空屋、還是有人住的房子。她覺得現在自己住的地方像極了這些房子。

她希望十五段的這些空屋都能逃走。若有一天當真要拆毀這些房屋，在怪手和工人們不期而至以前，最好都逃得遠遠的。

*

滿州的原野上也有很多房子。在哈爾濱站下車後，坐上貨車顛簸的一路上，她依稀看到遠處有很多像是用破木板蓋的房子、用荊棘圍起籬笆的房子和像灶坑般黑的房子。那些房子就像茫然飛翔的候鳥，飛得精疲力盡後墜入地獄，或為了捕食落到地面。

當一望無際的原野上再也看不到一戶人家和一棵大樹時，海琴用不安的聲音喃喃自語：「絲綢廠還很遠嗎？」

貨車顛簸得很厲害，海琴的臉和眼神也隨之顫抖。少女們年齡太小，一無所知[92]。即使大家知道彼此要去不同的工廠，也沒有人懷疑為什麼所有人會被趕上同一輛貨車。不管是編織廠、絲綢廠、好的工廠還是針廠，她只希望快點看到一家工廠。

有些少女真的去工廠賺錢了。美玉姐六年級時，在校長勸說下加入了勤勞挺身隊。她坐上電車抵達京城站後，跟其他少女一起去了釜山。當時，美玉姐年紀還小，以為要去很遠的地方[93]。抵達釜山後，大家上了一艘名為「海鷗」的渡船前往日本下関。抵達下關後，又坐貨車來到製造子彈的軍工廠。因為工作臺太高，美玉姐只好站在箱子上工作。軍工廠一角堆滿為了製造武器而從朝鮮繳納上來的黃銅器皿。

美玉姐在軍工廠工作期間，沒有領到一分錢。[94]

聽到美玉姐在日軍工廠工作過，基淑姐問：「那妳認識丫頭嗎？」

「丫頭？」

「聽說丫頭也去了軍工廠。」

「我沒見過叫丫頭的人。」

「那就奇怪了……」

美玉姐見基淑姐歪著頭，於是問：「丫頭的老家在哪兒？」

「密陽。」

「很多人來自晉州和馬山，沒聽說有密陽來的人。」

「我們工廠的人都是從全羅道來的。」春熙姐說。

春熙姐在製衣廠工作過，從早上八點到晚上七點，負責洗衣服、打掃和做衣服。製衣廠有很多年過三十、拋下家裡的孩子出來掙錢的女人。

「工廠給的飯少得可憐，我們都能一粒一粒數著吃。晚飯只給三塊豆糕，其他什麼都沒有。我們用布把飯包起來藏在腰間偷偷吃，連跳蚤都比我們吃得飽。來這裡以前，我還發電報回家，希望家人寄點鹽和大豆給我……」

幾個月後，十六名少女便被貨車載走了。大家聚在一個大房間裡，然後日軍走進來各自挑了一名少女帶去小房間。之後不管是星期二還是星期三，他們指定好日期，就會過來挑選少女帶走。

不用去部隊的日子就是少女們的光復日。[95]

「一個憲兵問我幾歲了，還說我的臉長得跟孩子一樣圓……我說十三歲，他還笑了。」

春熙姐來滿州慰安所時才十五歲，她那張原本跟孩子似的圓潤臉蛋，轉眼間瘦得像把泥鏟子。從抵達慰安所的第一天開始，春熙姐就一心想逃跑。她會為了少接一個軍人裝病不起，還敢頂撞哈哈。吃早飯前，少女們必須聚集在院子裡，立正站好面向日章旗，唱日本國歌〈君之代〉、背誦皇國臣民誓詞，但她也只是像金魚吐泡泡似的假裝開口。

正值夏天，一大早便能聞到廁所的惡臭。作了整夜惡夢的少女們搖搖晃晃地來到院子裡，面向日章旗站在原地。海琴姐垂著頭打瞌睡，一縷陽光如鉛塊般扎進她的後頸。廁所周圍孵化出來的牛蠅在少女們之間飛來飛去。一到夏天，廁所裡就會長滿蛆蟲、蚊子和牛蠅。因為營養失調，春熙姐長了滿臉的癬，她一邊抓臉一邊罵髒話。漢玉姐揪著自己的腋下，就連腋下都寄生著跳蚤。

她走到妍順身邊問：「發生什麼事了？」

凌晨，她聽到妍順的慘叫聲和砸碎房門的聲音，接著有人跑過走廊，還有歐都桑與軍人發生爭執的聲音。

「吾君壽長久，千代長存八千代，永末歲常青，直至細石成巨巖，巖上生苔不止息……」少女們開始唱起〈君之代〉，她和妍順也跟著唱。突然，妍順猛然癱坐在地，只見黃膿沿著她的小腿流下。一隻牛蠅飛進妍順半張的嘴裡。

就在少女們讚揚日皇、宣示效忠時，跳蚤仍吸食著她們的鮮血。

*

不知怎地，她今天清楚地記起滿州慰安所。磚頭砌起的高牆內，用膠合板圍起的房間如雨後春筍般的排滿走廊兩側。走廊地板不時地發出咯吱聲，盡頭的廚房沒有鋪地板，裡面設有一個中式灶坑，用膠合板搭建的架子上堆滿少女們的白鐵飯碗。廚房有很多老鼠出沒，於是哈哈在每個角落放了捕鼠用的膠紙。哈哈不喜歡少女們進出廚房，所以大家只有在取水喝時才能進去。每次她去廚房取水，看到黏在膠紙上動彈不得的老鼠，都覺得老鼠就是自己。有一次，她還看到一隻母老鼠瞪大眼睛死盯著被膠紙黏住的兩隻小老鼠。

慰安所前院是一片空地，上面稀疏的長著幾團野草。軍人挖溝讓小溪通往後院，然後在溪水聚集處用軍綠色防水布圍起一個盥洗室，安裝了五六條像海腸一樣的水管，還在上面連接了湯匙狀的蓮蓬頭。96

慰安所裡共有三間用膠合板搭建的四方型廁所。哈哈在廁所門上掛了黃色鎖頭，把鑰匙分發給少女們。這麼做是為了不讓軍人使用廁所，如果軍人也使用廁所，不但無法處理糞便，氣味也會更重。只有晚上來慰安所的軍官可以使用廁所，少女們會把鑰匙給他們。97

每個房間的小窗戶都裝在特別高的地方，加掛黑粗布窗簾，所以即使是白天，房間也跟洞穴一樣漆黑。房間大約只有一坪半大小，也有不到一坪半或稍稍超過一坪半的房間。後來少女的人數增加後，哈哈就在稍大的房間裡掛上一張毯子，增加房間數量。

她走在小巷裡，每當看到高處的窗戶時，都會不由自主地想起滿州慰安所房間的窗戶。當年，即使少女們的個子長得再高，也只能碰到窗框。

*

那是一個女孩。

她想起第一次在小巷裡遇到的那個女孩。看到女孩從遠處走來時，她嚇得打了個冷顫，以為是芬善活著回來了。女孩梳著又短又齊的短髮，眼睛圓溜溜的，像極了芬善。

採棉花時被抓來的芬善一直嚷著疼、疼[98]。

芬善的下體積了很多膿水，哈哈見她疼得連路都走不了，於是用小刀捅破膿包，用手指擠出膿水，最後用沾有白色粉末的棉花貼在那裡。

有一次，一個日本軍官撲向芬善，說要跟她玩。軍官見芬善不知道玩是什麼意思，呆呆站在那裡，於是一把拽過她扛起來，摔在地上。

女孩揹著書包，蜷坐在佈滿裂痕的牆壁下。她三、四個月沒遇到女孩了，還以為女孩早就搬走了。

她覺得女孩還住在十五段簡直是奇蹟。孩子在十五段顯得尤為珍貴。她剛搬來時，小巷裡偶爾還能聽到孩子的嬉笑聲，但如今有孩子的人家都搬走了。十五段不適合孩子成長，這裡既冷清又陰森。也許正因如此，每次在小巷裡遇到女孩，都會覺得她不僅是唯一活在十五段的女孩，也是唯一活在這個世界上的女孩。

與以往一樣，女孩今天也是一個人。她從沒見過女孩和朋友在一起。

女孩身上的黃色洋裝小得把胸口勒得緊緊的，還露出了大腿，因裙子捲到了將近盆骨處，隱約可以看到內褲。女孩沒有母親嗎？還是母親工作忙，無暇照顧她呢？她心想，如果自己是女孩的母親，一定不會讓她一個人在十五段的小巷裡徘徊。女孩看上去還只是在母親懷裡撒嬌的年齡，卻隱隱散發著少女的氣息。

她想幫女孩把裙尾拉下來，於是朝女孩走去。她小心翼翼地走上前，女孩眼中充滿戒備，戒備立刻轉為敵意。

她再也無法靠前，就在她觀察女孩的表情時，有什麼東西進入了眼簾。女孩垂下的手裡拿著什麼，她把目光移到那個東西上，開了口：

「原來是面具，妳在學校做了面具啊……」

那不是一般的面具，而是用紙熬成糊做的面具。出於好奇，她仔細端詳了一番，詫異地發現，面具上怎麼只有眼睛和鼻子，卻沒有嘴巴呢？

女孩站起身，突然把面具遞給她。「妳戴一下。」

女孩的嗓門大得很沒禮貌，她不禁嚇了一跳。

「妳戴一下。」女孩糾纏著催促。她隱約覺得這面具也許是女孩為自己做的。

這不是什麼困難的請求，但她還是不情願。面具不但沒有嘴巴，而且整張臉都是紫色的，她很不喜歡。

不過是個用紙糊做的面具，她卻有種戴上就再也摘不下來的預感。雖然不知道自己餘生還有多少時日，但搞不好剩下的日子都要戴著這張面具生活了。可能在自己死後，整張臉腐爛消失後，這個面具也不會腐爛，仍會埋在地底。

「我要妳戴一下！」女孩乾脆下達了命令。

她半推半就地接過面具。女孩露出調皮、狡猾的表情，面部肌肉奇妙地抽動了一下。突然間，女孩那張稚嫩的臉顯得十分蒼老疲憊。

她刻意不去看女孩的臉，只低頭盯著手中的面具。面具的顏料上還上了一層油，表面十分光滑。那光滑的表面所呈現出的怪異表情，連身為人類的她都難以模仿。

她環視四周，確認小巷裡只有自己和女孩後，才把面具戴上。為了把眼睛對準面具的兩個洞，她左右移動著面具。但她很快就意識到不對勁，面具上那兩個洞跟自己的眼睛對不上，一邊對準了，另一邊就會錯開。

就在她努力把眼睛對準面具上的兩個洞時，耳邊傳來女孩的大笑，笑聲愈來愈遠，很快便徹底消失了。她摘下面具，慌亂地看向周圍，但再也看不到女孩的身影。

「孩子，拿走妳的面具啊……」

她顫抖的聲音迴盪在空無一人的小巷。

面具是禮物嗎？是神藉由女孩之手送給自己的禮物嗎？神讓貓送來了死掉的喜鵲，讓女孩送來了面具。她覺得面具比死掉的喜鵲更可怕。雖無法將喜鵲屍體還回去，但她很想把面具還給女孩。

可是她不知道女孩家住在哪裡。即使不是因為這個面具，她也曾出於好奇想知道女孩住哪，偷偷跟蹤過她。但女孩就像玩捉迷藏一樣，不斷在小巷裡鑽來鑽去，然後一下子蒸發似的消失得無影無蹤。

女孩多大呢？十歲、十一歲？十二、十三歲？每次出門，她都想著如果再遇到女孩，一定要問問她的年齡，但每次她都把這件事忘得一乾二淨。女孩再大也不會超過十三歲吧。她不敢相信，當年僅十三歲的自己經歷了那種事。

*

在滿州慰安所，一個喝醉酒的軍官用小刀劃破了她的私處。因為她只有十三歲，軍官的性器插不進去。[99]

另一個跟她有相同遭遇的大概就屬愛順了。臉蛋黝黑、單眼皮的愛順喝下了用水稀釋的過錳酸鉀，幸好金福姐逼她吐了出來，才撿回一條命，但愛順的嗓子從此縮了[100]，講起話就像小鳥一樣氣弱游絲。

在水裡加一點過錳酸鉀，水就會立刻泛紅，再加一點水會變黑。少女們把喝了會死的過錳酸鉀溶入水裡，是為了清洗自己的下面。[101]

*

她為了尋找女孩，在小巷徘徊，在一家小超市前停下腳步。她看到小超市的男人正在為妻子梳頭，妻子閉著雙眼，依偎在丈夫懷裡。她清楚地看見男人握著橙色、斧頭模樣的木梳，手微微地顫抖，身患痛風的男人能用顫抖的手為妻子梳頭，她覺得很了不起。男人就像世上除了這件事，再也沒有其他要做的事似的，專心為妻子梳頭。

女人的下半身癱瘓，整天把頭朝門檻的方向，躺在小超市的房間裡。店裡來了客人，她也只能躺在那裡收錢和找零。裁縫店的女人明知那個女人病得坐都坐不起來，仍嫌棄她那副模樣，連條口香糖也不願去小超市買。

她覺得這或許是兩人結為夫妻以來最燦爛的時光，也許他們是為了盡情享受這段幸福的時光，才如此緩慢地梳著頭。

據她所知，男人曾是市廳很有地位的公務員，後來沉迷於賭博，最後搞得家破人亡。他為了償還賭債，到小島附近的網箱養殖場工作，結果罹患了痛風。裁縫店的女人說，小超市的女人會這樣半身不遂也是為了替生病的丈夫還債，什麼生意都做，好不容易一點一點還清了債。但老天無情，讓她在冰天雪地裡滑倒傷到脊椎，做了三次脊椎手術卻始終沒有站起來，最後男人為了維持生計，開了這間小超市。

她像木樁一樣立在原地，直到看到男人失手把木梳掉在地上，俯身撿起木梳。才轉身走進平時不常走的小巷。

十五段的小巷錯綜複雜地交纏，有的很長，有的又寬又短，有的會出現雙岔口或三岔口，還有的小巷是死胡同，或過於曲折、陡峭。

走在小巷裡，她偏偏碰上了那個老人。老人有著又短又粗的下巴和一頭自然鬈髮，總是與兒子一起，不管去哪都把他帶在身邊。老人的兒子已經年過半百，但大腦畸形，智力只停留在五、六歲。雖說他們是父子，卻長得一點也不像。有別於彎腰駝背且矮小的老人，五官端正、濃眉大眼的兒子有著摔角選手般的魁梧身材。

她經常看到老人哄著站在小巷裡不肯走的兒子，但從沒見過老人逼迫他，或朝兒子亂罵洩憤。

聽首爾理髮店的女人說，老人非常疼兒子。十幾年前，福祉中心的人登門找老人商量，把兒子送到身障安置機構。老人暴跳如雷，揮著菜刀把福祉中心的人趕了出去。從此以後，再也沒有人敢輕易跟他提兒子的事了。

她總是揪著一顆心，生怕遇到這對父子，但她在小巷裡最常遇見的就是老人和他兒子。且不說這對父子不會傷害她，他們根本連招呼都沒跟她打過，可她每次遇見這兩個人，還是會嚇得心跳加快。

她聞到一股刺鼻的尿騷味，不知道這股味道是來自這對父子，還是小巷。

老人在十五段一帶的空房子回收電線，因為電線裡的銅可以賣給舊貨商。這對父子住的地方與她家隔兩條小巷，透過坍塌的矮牆，可以一眼望見他們家的院子，滿院子都是老人撿回來的成捆電線和銅。

不知道老人如何在空房子裡回收電線，她猜想，也許就跟從死掉的動物軀體裡抽出筋一樣吧。她曾親眼看到老人手裡提著紅色的洋蔥網，裡面裝著小貓。

老人除了在空房子裡回收電線，還會抓小貓。十五段一帶的小貓都被他抓到市場賣了，因為都是流浪貓交配產下的小貓，所以沒有人說老人的是非。首爾理髮店的女人說，老人抓的那些小貓，一隻最少也能賣五千元。

四個月前，她像今天一樣漫無目的地走在小巷裡，親眼目睹老人抓小貓的過程。老人蜷起如鷹爪般的手指，快速揪住小貓的後頸，硬是把受到驚嚇而拚命掙扎的小貓塞進洋蔥網，最後把因重量而垂得長長的洋蔥網掛在空房子大門的柱子上。洋蔥網成了最適合抓小貓的牢籠。

在老人抓到小貓前，他兒子會像個受罰的小學生乖乖站在一旁。她覺得老人的每一個動作，都會原封不動地烙印在他兒子的腦海裡。

老人把裝有小貓的洋蔥網掛在電線桿上後，搖搖晃晃地走出小巷。

洋蔥網中的小貓不知是掙扎累了還是認了命，既不再反抗也不叫喊了，安靜得就跟死了一樣。她慶幸小貓接受了自己的命運，卻又感到遺憾。幾乎沒吃過母奶的小貓，瘦得肋骨都快要穿破皮毛了。

如果十五段沒有空房子也沒有流浪貓，而是偏遠山區的話，那老人會去抓野兔、野雞或野豬嗎？他會用賣掉小貓的五千元買什麼呢？米？雞蛋？鹽？泡麵？牛奶？馬鈴薯？麵粉？五千元可以在小超市買一盤雞蛋。大概一個月前，她見過老人提著一盤雞蛋從小超市走出來。還是他會用那五千元繳電費、水費或瓦斯費？

小貓察覺有人，發出細長的呻吟聲。

她緊張地四下張望，小巷裡只有自己和那隻小貓。如果她墊起腳尖，就可以搆到洋蔥網，但她不敢取下洋蔥網救出小貓。

她不是沒有慈悲心，而是覺得自己太老了。面對自己的無能為力，她陷入深深的罪惡感。即使她沒有做過任何傷害小貓的事，但還是像犯了什麼滔天大罪。

從小貓被塞進洋蔥網的那一刻起，牠便是老人的了。

那些拔草的[102]、採棉花的[103]、去村裡井口打水的[104]、在小河邊洗衣服的[105]、去上學的[106]、在家看護父親的[107]少女們被強制抓走後，便成了名為哈哈、歐桑、歐巴桑或歐都桑的日本業主的附屬品。

最初人類也是用這種方式占領土地的吧。那些跟栗樹一樣的大樹、泉水，以及狗、山羊和豬等家畜，也是這樣占為己有的吧？

在滿州慰安所，少女們跟雞和山羊等家畜毫無差別。如果有人不聽話或逃跑被抓回來，歐都桑便會把黃皮繩拴在少女的脖子上拖行。[108]

4

她以離家百年後、重返故土的心情凝視著平房大門，站了良久。年少時離開[109]，卻在老得不能再老時才回來。

她不敢推開大門走進院子，本打算轉身再走回小巷，卻發現自己無處可去[110]。

她把女孩送的面具放在簷廊一角，走到水槽，剛擰開水龍頭，藍色水管便嘩嘩流出水來。水沖進下水道前，在地上打著漩渦。她凝視著那個漩渦，彷彿自己也會隨之沖走。

她目不轉睛地盯著臉盆裡若隱若現的臉，不小心打翻了臉盆，水和自己的臉流淌了一地。臉盆裡的水讓她想起了洗下體的水。

*

哈哈讓少女們用加了過錳酸鉀的水洗下體，但她沒有照辦，只使用了淡水。因為過錳酸鉀水紅紅的，好像山羊或豬的血。

接待過一個人就得洗一次，十個人就洗十次，二十個人就二十次。少女們就像清洗長在別人身上的肉一樣沒完沒了的洗。冬天也只能用冷水洗，導致下體充滿了寒氣。

平壤券番#出身的香淑長相出眾，成了戴星軍官爭搶的對象，但香淑的經痛非常嚴重。哈哈見香淑每次月經來都不能接待軍人，於是把她帶到中國人村子裡的婦產科，讓醫生給她冰敷。香淑哭著說，冰敷了太多次，感覺那裡都快掉了，還流出了黑血。[111]

「那都是死血。」金福姐說。

少女們之間流傳著，說香淑太常冰敷，子宮萎縮得跟雞胗一樣小。[112]

軍人把少女們當成家畜，連子宮也能隨意挖走。少女要是懷了孕，就一文不值了。為了不讓少女們懷孕，軍人會連同胎兒一起挖走。[113]

她被抓到滿州慰安所時才十三歲，月經還沒來。她看到已經有月經的少女們戰戰兢兢，生怕自己懷孕。如果有人出現孕吐或小腹隆起，歐都桑就會開著貨車把少女帶去某處，等大半天過後，被送回來的少女臉色蒼白，就像被抽走了渾身的血。

\# 券番（권번）：日帝強占期教導歌舞、培養藝妓的場所。

少女們並不知道他們從自己的身體裡挖走了子宮。

即使他們殘忍地挖走孩子和子宮，還是有人會生下孩子。很多軍人不肯戴保險套，而且就算戴了，也很容易破。

春熙姐發現自己月經沒來，便知道自己懷孕了。她用鐵熨斗燙自己的肚子。鐵熨斗是空心的，使用時只要在裡面加幾塊貝殼形狀的煤球。漢玉姐用筷子夾住燒得通紅的煤球，放進鐵熨斗裡，每加一塊煤球，鐵熨斗就變得越來越燙。

「哎呀，燙死我了！這麼做真的可以打掉孩子？」春熙姐緊皺著眉頭。

「妳不要亂動！」漢玉姐又夾了一塊煤球放進去。

漢玉姐還知道吃白頭翁花的根可以打掉孩子。漢玉姐老家的墳邊經常可以看到白頭翁花，在滿州卻怎麼也找不到。[114]

自從月經來潮後，她最害怕的就是聽到保險套裂開的聲音，要是被傳染疾病或懷孕怎麼辦？她一聽到保險套破掉的聲音就會猛地坐起，懇求生氣的軍人重新戴保險套[115]。每當她像被雷擊中一樣猛地起身，受驚嚇的跳蚤便像芝麻一樣從她身上蹦出來。

哈哈還會給少女們吃黑紅色的小藥丸，據說吃了那顆小藥丸就不會生病，但她還是偷偷把藥丸扔進廁所，結果被哈哈發現，狠狠挨了一頓毒打。明明只要說吃了就不會有事，但她不會說謊，都老實承認了。[116]少女們根本不知道那顆氣味刺鼻的藥丸就是水銀藥丸。[117]

少女們在生理期間也要接待軍人，她們把鵪鶉蛋大小的棉球塞進陰道，血就不會流出來。接待軍人時，棉球就會被越捅越深。[118]每次打開雙腿把棉球塞進陰道時，她都覺得自己很像鴨子。

少女們偶爾還會產下死嬰。由於過度使用過錳酸鉀，以及大量注射六〇六藥劑#，胎兒根本無法存活。[119]

秀玉姐在吃飯時，突然倒在地上打滾。

金福姐摸了摸她的肚子說：「恐怕是懷孕了。」

秀玉姐的臉嚇成了鐵青色。

幾天後，歐都桑開著貨車把秀玉姐送到中國人的村子。秀玉姐被送回來時，大家正在接待軍人。隔天一早，少女們才去秀玉姐的房間。只見秀玉姐渾身發抖，牙齒互相撞擊，不停發出咯噠咯噠聲。蓋在秀玉姐身上的毯子散發著月經血水和尿騷味。

海琴取來自己的毯子蓋在秀玉姐身上，妍順也把自己的毯子拿來蓋在她身上。她上前握住秀玉姊露在毯子外面的手，骨瘦如柴的手，冰得像冰塊。

「醫生說，孩子已經七個月了。」秀玉姐呼出的氣帶著一股茄子蒸爛的氣

砷凡納明（Salvarsan），是第一種有效治療梅毒的有機砷化合物，1910年代初投入應用。副作用有皮疹、肝臟損傷、生命危險和肢體損傷，自1940年代青黴素問世後，便被國際禁止使用。

味。「是個男的，掏出來時，臉和半邊身體都是爛的……」[120]

金福姐用濕毛巾擦著秀玉姐的臉和脖子。

「七個月的話，手指應該都長齊了吧？」

秀玉姐望著金福姐。

「我們家老么就是七個月的早產兒。剛七個月時就出生了，眼睛、鼻子和嘴巴都長齊了。媽讓我數一下孩子的手指，我說有十根，她又要我數腳趾。她擔心七個月早產的孩子沒有長齊手指和腳趾。我說都是十根後，她才把孩子抱進懷裡。媽很擔心孩子有什麼缺陷，但七月的孩子五官齊全，還長了很多頭髮。」

見海琴姐喋喋不休，漢玉姐用手指捅了一下她的側腰。

自從流產後，秀玉姐的黑眼珠再也不注視前方了，而是越來越往上翻，彷彿翻到了某個瞬間，便會脫離眼窩永遠消失。

注射淡紅色的六〇六藥劑後，月經會隔一個月才來一次，但手臂就像被砍下來了一樣疼痛[121]，頭暈會持續三、四天，覺得噁心想吐。沒有人告訴少女們，這種含砷藥劑會導致不孕，在她們手臂上注射六〇六藥劑的護士也隻字不提，哈哈甚至欺騙她們，說注射這種藥劑有助於清血。[122]

注射六〇六藥劑和清洗保險套一樣令她厭惡。哈哈非但要求她們省著用，還不給足數量，少女們只好把用過的保險套再拿去洗。軍人完事離開時，會把使用過的保險套丟進鐵桶，積滿保險套的鐵桶散發出令人作嘔的腥味。[123]少女們吃過早飯後，各自提著鐵桶到盥洗室，把沾滿精液的保險套翻過來清洗，掛在膠合板上晒乾，再撒上白色消毒粉。每次洗保險套時，少女們都會驚訝於昨晚接待的軍人人數。更令少女們心生厭惡的是，接下來還要接待相同人數的軍人。[124]

洗好、晒乾保險套後，少女們可以在院子裡晒一會兒太陽。等到早上九點，軍人便會蜂擁而至，她們根本沒有充足的時間晒太陽。從早上九點到下午五點是士兵，下午五點開始是士官，晚上十點到十二點是軍官，[125]也有軍官會在凌晨兩三點時過來。[126]

那天，少女們跟往常一樣洗完保險套，聚在院子裡。為了冬天不被凍死而輾轉寄居於其他人房間的芬善，也在陽光下露出了雙腳。自從哈哈知道芬善患了寒症，不能再接待軍人，就再也沒有給她發過湯婆子或煤球。芬善也去過她的房間，等用湯婆子暖好腳後便離開了。[127]

滿州的冬天冷得連剛尿的尿都會凍成冰。一覺醒來，窗戶內側和天花板都結了霜，就連呼出的氣也會在半空中凍住。少女們在滿州慰安所裡僅靠一兩張毯子、湯婆和煤球過冬。即使把哈哈分發的煤球拿來燒火取暖，也只是不被凍死的程度。

「我媽還打算讓我嫁人呢。」基淑姐說。基淑姐為了不被佩戴紅袖章的憲兵抓住，曾躲過囤米場和火葬場，最後還是被憲兵抓來了這裡。[128]

她到滿州慰安所才得知，父母都急著想嫁掉家裡的女兒，不管是有孩子的鰥夫、上年紀的老頭子，還是少一條腿的小夥子，隨便誰都好，因為父母以為那些人不會抓出嫁的女人。但有的少女即使已經嫁人，還是當著丈夫的面被強行抓走。[129]少女們故意像已婚女人那樣盤起頭髮，還用毛巾圍了起來，日軍和憲兵還是一眼就能認出來。

「我爸要我跟一個姓崔的男人假結婚，他比我大十六歲，我連他長什麼樣子都不知道。那人答應我爸，以後等我真要嫁人時，就去取消婚姻登記。我在村裡跟已婚女人一樣盤著頭，但村長夫人知道我是假結婚後，便慫恿我去針廠賺錢。她說只要在針廠做三年就能賺一大筆錢。她丈夫是日本人。」

一夜沒睡的漢玉姐半睜著眼睛。「要嫁人也得要有年輕人啊……我們村裡的男人都被徵用了。年輕小夥子的臉蛋像葫蘆花一樣白皙，老頭子都皺巴巴的，不耐看。」[130]

東淑姐淡淡一笑，沒有出聲。

「就算不耐看，當初還不如嫁給老頭子呢。」[131]愛順的聲音如一條被抽出的線，沒有高低起伏。

少女們被抓去挺身隊和慰安所。而少年們都被徵用去了煤礦場、煉鐵廠、軍工廠、機場、鋪鐵路等。東淑姐的老家在忠清南道的論山，聽說她哥也去日本賺錢了。

「我哥想學技術，他看到報紙上刊登日本煉鐵廠的徵工廣告，廣告說只徵一百人，不但給房子，薪水也跟日本人一樣，只要工作兩年就能拿到技術證照。」

溫暖的陽光下，少女們緩緩起身，大家都很捨不得那道盼望已久的春陽，於是又仰面晒了一會兒，才走回各自的房間。

軍人們蜂擁而至，很快便像興奮的火蟻一樣沸騰起來[132]。慰安所的院子立刻變成一片黃色。軍人在院子裡解開纏在腳上的綁帶，排隊等著輪到自己。

軍人脫褲子很花時間，因為要拉下拉鏈，解下褌[#]。[133]每當這時，掛在軍服褲腰上的刀鞘就會一直戳痛她的肚子。[134]

如果少女們的下體腫得太嚴重，無法插入性器，軍人會在保險套上塗抹軟膏，硬是把自己的東西插進去。[135]每當一名軍人走後，她都覺得有人用菜刀割下了那裡的肉。十名軍人走後，那裡的肉就像都被割走了，下面經常腫得連根針都插不進去，肉都翻了出來。[136]

日本一種傳統的內褲樣式。

少女們每天平均要接待十五名左右的軍人，星期天則會超過五十多名[137]。慰安所沒有日曆，大家不知道日期和星期，[138]只能從接待的人數得知哪天是星期天。所有日子都沒有日期，時間就這樣不知不覺地流逝著，少女們一下子都老了。

春熙姐發起牢騷：「這群狗娘養的混蛋竟然還敢來。」[139]

春熙姐為了讓軍人討厭自己，白天連臉也不洗，頭也不梳。

少女們盼望每天都能交戰，因為交戰的日子軍人就不會來。少女們也希望征戰的軍人永遠不要回來。活著回來的軍人都有一股狂氣，一個比一個粗暴，每個人全身都是塵土，加上沒洗澡，渾身散發著惡臭。

每當從戰場回來的軍人來時，慰安所就很容易發生爭吵。軍人和少女發生爭執的房間、逃跑的少女被抓回來毒打的房間、喝醉酒的軍人鬧事的房間、少女傷心哭泣的房間、少女與不肯戴保險套的軍人爭吵的房間……

大部分軍人都不肯戴保險套，哪怕少女們懇求，如果不戴保險套會染病，他們就是不肯。軍人會強詞奪理，在這不知是今天死還是明日亡的前線，染那點小病算什麼。每當遇到這種軍人，她都怕得要死，生怕自己得到淋病或梅毒。

也有在出戰前哭泣的軍人。一個彷彿是偷穿父親軍服的矮小軍人，把她當成了姐姐，一直纏著她哭。雖然她看到日軍制服就作嘔，還是哄他別哭，一定要活著回來……其實她希望出戰的所有日軍都不要活著回來，可看到眼前這個因害怕哭得像個孩子的軍人，依然產生了憐憫之情。她不知道那個軍人是死是活，因為那天後，她再也沒見到他。

軍人不出門打仗時，才會相對比較溫和。少女們也會希望日本在戰爭中取得勝利，她們認為如果日本戰敗，自己也會跟著死掉。[140]

「只有日本戰勝，妳們才能回家。」哈哈常對少女們說，只有日本打贏戰爭，妳們才能飛黃騰達。「妳們少說也能拿到買三、四畝田的錢回老家。」

她心想，就算沒有買三、四畝田的錢，哪怕只有三、四匹粗布的錢也好。再不然，就算是三、四斗醃大醬的豆子也好啊。[141]

如今看來，自己大概是要死在滿州了。[142]可就算能活著回家，又有什麼用呢？倒不如死在這裡算了。[143]回家後要怎麼跟家人解釋？有時想到這個問題，她就感到茫然。說自己去了紡織廠、絲綢廠？再不然，就說自己去了好的工廠。

*

哈哈會選出五、六名少女，送到偏遠地區的部隊出差。部隊會派一輛軍用卡車來載這些少女，在部隊用帳篷搭起臨時慰安所，用膠合板隔間，讓少女們在裡面接待軍人。

少女們像青蛙一樣蜷著雙腿，整日以這種姿勢接待軍人，到了晚上，幾乎連雙腿都伸不直了。軍官不會親自到帳篷來，而是把少女們叫到自己的營帳裡。軍人送什麼來，大家就吃什麼。飯就裝在軍人使用的攜帶式飯盒，通常只有兩、三勺大麥飯和三、四塊醃蘿蔔，偶爾也會送來一些沒有內容物的菠菜湯和叫「缶詰」的魚罐頭。[144]少女們會在部隊待一個星期，再被送回慰安所。[145]

有一次在前往部隊途中，卡車經過一個中國人的村子。少女們看到滿地的屍體，女人和孩子一邊扒著屍體，一邊哭喊。載著少女們的軍用卡車直接從屍體的手臂、大腿和頭顱上駛過。當軍用卡車的輪子壓過男人肥嘟嘟的肚子時，肚子裡的內臟被壓爆的聲音便清清楚楚地傳進少女們的內心。

一個男人背靠在土牆下，她望向男人，想知道他是死是活。芬善拍了一下她的肩膀，然後指一指遠處叼著少年屍體、像小牛一樣的大黃狗。

「狗為什麼要叼屍體呢？」

芬善搖了搖頭。

「想吃吧……因為肚子餓。」春熙姐撇著嘴巴說。

剛睡醒的鳳愛噗哧笑了一下。遠處坍塌的房屋上飄著一面毯子大小的日章旗。一個精神恍惚、赤腳的女人站在燒毀的房屋前，眼神呆滯地望著軍用卡車上的少女們。

軍用卡車經過中國人住的村子後，又行駛了很長一段時間，出現了一條河。那條河比她老家的河足足寬了兩倍。河的一邊堆滿了砍斷的樹根和樹幹，持槍的軍人守在渡口處。屍體漂在河面上，血水染紅了整條河。當載著少女們的船駛過時，屍體便漂到了兩側。[146]

*

圓盤上的馬鈴薯跟孩子的拳頭一樣大，上面還冒著如絲的熱氣。她就像看著人世間最後一道食物似的看著馬鈴薯。

她伸手拿起馬鈴薯，雙眼一時失去焦距，眼神晃動著。

她把握有馬鈴薯的手伸向前方。

妳吃吧……

即使她意識到自己面前什麼也沒有，還是沒有收回握著馬鈴薯的手。

因為她覺得姸順就坐在自己面前。

姸順就算自己吃不飽，也會把軍人偶爾給她的餅乾、焦糖和罐頭省下來，儲存在木箱裡。因為想到弟妹們在老家只能靠摘野薔薇或漏蘆葉子充飢。在杜鵑啼鳴時生長的漏蘆嫩葉，摘來生吃，味道十分苦澀。姸順說，可以拜託常來找她的少尉把這些省下來的食物寄回老家。那個少尉的女兒跟姸順同歲。但從某一天開始，奔赴前線打仗的少尉再也沒有回來了[147]。之後沒過多久，姸順就被送往別的地方。姸順懷裡抱著包裹、坐在貨車上，臉頰消瘦得只剩下凸起的顴骨。

大家為了送姸順來到院子裡，竊竊私語著。

「姸順剛來時還很漂亮，現在瘦得都不成人形了。」

「她還剖了腹，把肚子裡的孩子取出來。」[148]

如果很長一段時間沒看到面熟的軍人，少女們便知道他們死在了戰場。她掰下一小塊馬鈴薯送進嘴裡。

少女們很清楚飢餓是什麼。她們在母親的子宮裡就知道了，在嘴巴長成形前就知道了。

滿州慰安所裡也存在飢餓。哈哈早飯只給少女們吃粥，鐵碗裡沒有米粒的稀粥都能映出人臉[149]，菜也只有沒味道的泡菜。經常可以看到稀粥裡漂著什麼，那不是肉渣，而是米蟲和蛆。鐵碗裡的稀粥見底後，少女們仍舀著映在碗底的自己的臉。但不管怎麼舀，都能看到自己的臉；不管怎麼舀，都填不飽肚子。

夏天幾乎都是酸掉的飯糰，冬天是凍得硬邦邦的飯糰。感染了淋病或梅毒、不能接待軍人的少女連飯糰都沒有，領不到飯糰的少女會把軍人留下的餅乾泡在水裡充飢。在她們眼中，泡在水裡膨脹成三、四倍大的餅乾就跟豬肉一樣美味。

晚飯通常是用鹽、水和麵粉熬成的麵糊，一碗下肚後，能聞到糊窗紙的漿糊味[150]。因為晚上要接待軍官，少女們只能抽空吃上三、四口就放在一邊。後來她常煮麵條吃，卻從來不吃疙瘩湯，因為疙瘩湯會讓她想起那碗麵糊。

只有做勤勞奉仕[#]的日子才能喝到大醬湯，儘管淡而無味。每隔半個月，歐都桑便會帶少女們去做勤勞奉仕，在那天，只有晚上軍人才會來慰安所。貨車行駛二、三十分鐘後，抵達一處像是倒閉的工廠般的陰森森的營帳。在營帳裡，少女們兩人一組，面對面的坐在木板上縫補日軍磨破的軍帽、褲子和襪子上的洞。她多希望自己縫補的衣服是父親和哥哥的長赤古里，縫補的襪子是母親的布襪……她不明白為什麼自己要替日軍縫補軍衣，為什麼那些軍人的母親和姐姐不來做這些事。她覺得委屈，但還是一針一線地縫著。

後來她聽聞被抓去新加坡的少女還吃過用血水煮的飯。當時太平洋戰爭正打得激烈，少女們坐上像耕耘機一樣的摩托車四處躲避轟炸，一邊接待軍人。夜裡，六名少女聚在一起把幾小撮米放入軍用飯盒，找來水倒在裡面，為了不被人發現，小心翼翼地生了火，最後還是遭遇了轟炸。驚恐萬分的少女抱著飯盒慌忙逃竄，一直跑到天亮。就在她們打開飯盒想吃口飯時，看到煮得半生不

指為公共利益無償提供勞動。慰安婦受害者當時會在白天為軍人縫補軍衣，晚上接待軍人。

熟的飯就像拌了豬血一樣通紅。原來她們夜裡誤把被炸彈擊中倒在血泊中的少女的血當成了水。大家商量著該怎麼辦，但如果不吃這盒飯就只能餓死。為了不餓死，少女們閉著眼睛吃下了用人血煮的飯。但六名少女裡，只有一人活了下來。151

*

她坐在電視機前仔細端詳那個面具，搖了搖頭。她產生一種錯覺，覺得那張面具跟自己的臉很像。難道女孩在把紙糊倒進模子之後，是一邊想著她的臉，做出眼睛、鼻子和嘴的嗎？

她欲哭無淚，哪怕是像餓鬼一樣張大嘴，緊縮喉嚨，也擠不出一滴眼淚。姐妹們死的時候，大哥死的時候，她也沒掉過一滴淚。就因為這樣，親戚背地裡都說她狠心，說她不嫁人，自己過了一輩子連眼淚都沒了。她覺得也許是日子過得太苦，所以就算揪住眼皮也不會流淚。一輩子要流的淚都在小時候已經流乾了。152

大哥死的時候，她因沒掉一滴眼淚而自責不已，覺得自己太冷酷無情。連禽獸都會流淚，身為人類的自己卻連禽獸都不如。

如果連禽獸都不如，活著還有什麼意義呢？如果見到君子，就能哭出來嗎？或是若見到金福姐、誕實和順德……

*

順德的老家在慶尚南道陜川。順德以為那些人會把她送去仁川做幫傭，卻被送到滿州慰安所。

「我十二歲離家，一直在日本軍官家做幫傭。沒辦法，家裡窮得連米都買不起了。軍官叫竹識，我在他家打掃、洗衣服、跑腿採買……在那裡住了三年。有一天，竹識問我想不想去仁川做幫傭，說每個月可以領八元。我答應後，他提前給了我三個月的錢，一共二十四元。我自己留了四元，其餘二十元都給了我媽。我用那四元買了一件洋裝，還買了一雙白膠鞋，別說當時有多高興了……臨行前，妹妹還來車站為我送行，買了文林果給我。早知道這樣，我就一分錢不留都給媽媽了。」[153]

哈哈打開的收音機裡傳出杜鵑的啼鳴聲。

「這杜鵑怎麼一直叫啊？」[154]

順德抱著她哭了。聽到收音機裡傳出的鳥鳴，她也想家、想媽媽了。少女們都止不住的流下了淚，連高個、臉寬的東淑姐也擦起眼角的淚。

「要是不能跟家人團聚，就這麼死了怎麼辦？」[155]漢玉姐坐在地上伸直雙腿，悲嘆道。

她答應弟弟去針廠賺了錢，要給他買兩頭小牛，她擔心就這麼死在滿州，再也見不到唯一的弟弟了。

十幾年前，她夢到順德來找自己。她在廚房洗米，順德突然走進來。雖然她已經老了，但順德依舊還是少女的模樣，身上也仍穿著慰安所的那條裙子。順德隨她走進屋裡，低頭不語地坐在窗邊。

她一時沒有想起順德的名字，於是問：「妳叫什麼名字？」

「是啊，我叫什麼名字……我生為人，卻活得連貓狗都不如，連名字都記不起了……」[156]順德回答。

「我有時連父母的名字也記不得。」

「我連自己今年多大都不知道。」

「我也不知道自己多大了，只記得是在十三歲那年被抓走的。」

「妳怎麼一點都沒變老呢？」

她並不羨慕順德，反倒覺得她很可憐。順德起身準備離開，她極力挽留順德吃過飯再走。

「妳最想吃什麼？」

「我只想吃青陽辣椒沾大醬。」順德說。

「妳不想吃肉嗎？」

「我不敢吃肉，因為看過太多焚燒的屍體了。」

她端著小飯桌走進房間時，順德已經走了。

從夢中醒來後，她哭了好一陣子，因為她感受到順德已經離開了這個世界。

日本戰敗後，她曾在電視上看到一個因不知歸鄉路而留守異地的人。曾在滿州黑龍江省慰安所的那個人，好不容易記起了自己的名字。

那個人還活著嗎？如果還活著，已經幾歲了？她覺得那個人就是跟自己搭乘同一列火車的少女，彷彿就是那個問自己要去哪間工廠的海琴。

5

是誰把鞋偷走了？她緊鎖眉頭，哭喪著臉，把目光移向垃圾桶。臨睡前，她忘了把鞋藏在垃圾桶後。

她提著另一雙鞋整齊地放在簷廊下。不知為何，那雙鞋就像別人的鞋一樣陌生。她沒有伸腳去穿，而是愣愣地低頭看著那雙鞋。

她覺得是那個人脫下的鞋。原本是兩個人，一個人離開了人世，只剩下了那個人的鞋。似乎昨晚那個人來過自己家，脫下這雙鞋就走了。

那個人也許是誕實，也可能是喝下過錳酸鉀後喉嚨緊縮的愛順，再不然就是因感染梅毒雙目失明、整日像影子一樣跟在誕實身邊的長實姐。只有在接待軍人時，誕實才會像卸下整日戴在身上的假肢一樣離開長實姐。

這麼多年來，她沒見過任何一個在慰安所一起生活的少女。別說大家的消息了，連其他人是生是死都無從得知。

日本戰敗後，少女們便七零八落地散了，一部分人跟著日軍走了，一部分人留在中國，一部分人在跨越國境時死了。總之，死亡成了無關緊要的小事。

她很想知道有誰活著返回了家鄉，也因為太想念大家去找過君子，但她也很怕偶遇大家。她總是戰戰兢兢，生怕被人知道自己曾是慰安婦。走在路上，如果有人盯著自己看，她就會趕快躲進小巷。

*

她從其他慰安所過來的少女那裡才得知，別處也有跟滿州慰安所一樣的地方。在此之前，她一直以為世上再也沒有像滿州慰安所一樣的地方。

她在滿州慰安所生活了三年左右，少女的人數從二十五名增加到三十二名。雖然有人離開慰安所，人數卻有增無減。沒有一個人是主動離開的，很多人都是因為生病被趕走。如果有人感染了像梅毒這類重病，哈哈會讓她單獨使用廁所，待病情好轉後繼續接待軍人。哈哈會給少女們兩次機會，如果第三次復發，就會被從房間裡拖出來，丟上貨車送去別的地方。有時，軍人也會來抓人。像這樣離開的少女再也沒有回來過，大家不知道她們是回故鄉了，還是被送去別的慰安所。哈哈堅決不肯告訴大家那些少女的去向。[157]

也有像吃了鴉片和血的基淑姐那樣，死後才離開慰安所。

一旦有人被送走或死了，便會送來新的少女。有的少女跟她一樣，被送來時不知道慰安所是什麼地方，也有從其他慰安所送來的少女。

新的少女被送到慰安所的消息很快便會在軍人之間傳開。

「新的來了！」

如果新來的少女跟自己是同鄉，少女們便會握著她的手問，大邱現在怎麼樣？釜山怎麼樣？[158]

誕實和長實姐妹倆來自其他慰安所。石順姐死後沒多久，歐都桑便把她們帶來。春熙姐聽到歐都桑對哈哈說，姐妹倆買一送一，就都帶來了。

新來的少女什麼都不懂，哈哈就會對其他人說：「她什麼都不懂，妳們教教她。」

大家把新來的少女叫來，教她如何套保險套，就像哈哈之前教的那樣，把保險套套在自己的拇指上給她看。

「要是有軍人不肯戴，妳就說自己有病，一定要讓他們戴上。」[159]金福姐再三叮囑。

新來的人裡還有十二歲的少女。少女的黑裙上還散發著家鄉田野裡薺菜、野蔥和艾蒿的香氣。

「他們怎麼把妳抓來的？」注射六〇六藥劑的金福姐拖著鬆垮的身子問。

「我去打水時被他們抓了。我剛打起一桶水，突然有人抓住我的肩膀，我回頭一瞧，軍人正盯著我看。他的肩膀這裡有小星星，還帶著刀……」少女就像在夢囈，結結巴巴地回答。

「妳叫什麼名字？」鳳愛用手抓著像豆渣般泛黃的臉問。

「我叫英順。這是什麼地方？」[160]少女一臉失魂落魄，這才回神似的瞪大雙眼。

「屄丫。」

候楠姐面如死灰，好像抽了過多的鴉片。

少女們把慰安所叫作「屄丫」，哈哈、歐都桑、日軍和中國人也都這麼叫。那些人把少女們稱之為「朝鮮屄」。自從她知道「屄」在中文裡是指女性的生殖器後，「朝鮮屄」成了她最討厭聽到的一句話。「朝鮮屄」是她所知道的髒話裡，最骯髒、最噁心的一句髒話。

「屄丫是做什麼？」

「陪軍人睡覺。」

妍順呼呼地抽日軍給的菸。廚房裡傳來吱吱的響聲，想必是抓到了老鼠。

「怎麼陪軍人睡覺，萬一被他們開槍打死怎麼辦？」[161]

英順的話把東淑姐逗笑了。

「妳還小，他們不會殺妳的。」

聽到海琴這麼說，英順這才放下心來，又開始哭著說想回家。

「哭也沒用。」

誕實的目光沒有看向英順，而是望向老鼠成群結隊逃竄的天花板。

「進來了這裡，就別想出去。」[162]

長實姐的嘴唇紫得像成熟的茄子，昨天她被軍人打掉了三顆門牙。那個軍人把手指伸進長實姐的陰道想要摳，長實姐頂撞了他：「去摳你媽的！」軍人一聽，氣得打了長實姐一頓。長實姐離開慰安所時，嘴裡幾乎沒有牙齒了。[163]

哈哈給英順取了個日本名叫小花，給了她一間空房。少女們沒有告訴英順，幾天前吃了和血鴉片的基淑姐死在了裡面。英順躺在基淑姐接待軍人的榻榻米上接待軍人，穿著基順姐穿過的衣服，用基淑姐剩下的衛生紙和洗好晒乾的保險套。

隔天一早，英順哭著跑遍了大家的房間。

*

有一天，臉色暗灰的東淑姐吐出了如同蛇莓般深紅的血水，連走路也變得很吃力。很快地，少女們之間流傳著東淑姐罹患肺結核的消息。

「她是接了太多軍人，累出病的。」海琴洗保險套的手指微微顫抖。

「我們也會生病吧。」芬善正在洗第十五個保險套。

「下面會壞掉的。」春熙一不小心撕裂了正在洗的保險套。

儘管東淑姐咳得很厲害，哈哈還是逼她接待軍人，直到東淑姐在接待軍人時吐了血，哈哈才把她房間名牌翻過去。哈哈擔心肺結核會傳染，不允許少女進出東淑姐的房間。東淑姐的房間時不時傳出彷彿要咳出整個肺的咳嗽聲，滿屋子的冷空氣夾雜著血腥味。

少女們還是瞞著哈哈，偷偷跑去探望東淑姐。

下霜後，東淑姐的病情急遽惡化。金福姐去盥洗室的路上，轉身走到哈哈面前。從東淑姐房間出來的金福姐手裡端著白銅臉盆，裡面泡著一條滿是血的毛巾。

「你們不能送東淑回老家嗎？」

「債沒還清，誰也別想走。」

在東淑姐快要咳死的期間，欠的債就跟蠶織的繭一樣越來越多。

「她的債，我來還不行嗎？」

「妳知道自己欠了多少嗎？等妳都還清了，再來說這種話吧。」

哈哈無情地轉身走了。在死亡面前，哈哈也不會寬宏大量。

*

凌晨騎馬來的軍官見她躺在那裡哭，對她說：「好吧，我就對妳大發一次慈悲。」說著，給了她一張發霉的日本錢。但她的眼淚還是沒有止住，軍官惱怒地說：「妳竟敢不領情。」他命令她坐起來，兩個清脆的巴掌落在她的雙頰上。

「與其對朝鮮人慈悲，還不如對狗慈悲。」

軍官扒光她的衣服，要她替自己按摩。[164] 她就像病奄奄的小貓一樣跨坐在軍官的背上，按摩他的肩膀。

軍官睡著後，她走出房間打算去廁所。她發著抖地穿過走廊，順便看了一眼東淑姐的房間。金福姐正守在東淑姐的床頭，皎潔的月光從結了冰的窗戶照進來。慰安所裡鴉雀無聲，安靜得彷彿只剩下金福姐、東淑姐和她。春熙姐睡在東淑姐對面的房間，可裡面連呼吸聲都聽不到。直到午夜時分，春熙姐的房間突然傳出如同動物被拉進屠宰場般的嚎啕大哭。

她一邊把凍僵的腳背貼在小腿上來回揉搓，一邊望著東淑姐枕邊的火盆，燒得發白的煤球堆裡，只有一顆煤球在勉強散發著熱氣。彷彿有人把垂死的兔子心臟挖了出來，偷偷藏在了燃盡的煤球堆裡。她很想把自己的煤球拿來放進東淑姐的火盆裡，但她一顆也沒有了。隨著煤球熱氣的減弱，東淑姐房間裡的空氣顏色也在發生微妙的變化。

「睡了嗎？」

「剛剛才睡著……漂亮吧？」東淑姐呼出的哈氣如同一朵綻放開來的花。

「我是說東淑的臉。」

她望了一眼東淑姐空洞的臉。金福姐伸出手，撫摸那張空洞的臉。房間裡充斥著令人窒息的血腥味。

「妳不睡嗎？」

「睡啊……」金福姐嘴上這麼說，但仍用手指梳著東淑姐的頭髮，就像在為天一亮要嫁去遠方的女兒梳頭。

好不容易睡著的東淑姐再也沒有醒來。

「姐姐，姐……」不管愛順怎麼用鸚鵡般的聲音叫她，東淑姐都沒有睜開眼。誕實不知道發生了什麼事，從房間裡探出頭來，張望著走廊，她像見到熟人一樣露出了喜悅的表情。誕實失明的雙眼可以看到少女們看不見的東西。誕實說，自己來滿州慰安所前，曾經看到死去的石順姐赤裸著身體站在鐵柵欄另一頭。英順哭著走過走廊，由於下體腫得很嚴重，已經四天沒有大小便了。長實姐感染了梅毒，房間的名牌被翻了過來。

春熙姐撓著頭從房間裡走出來，沒有梳洗的她也像是罹患傳染病的人。妍順和海琴張開雙腿面對面而坐，互相抓著對方陰毛上的陰蝨。

「我們要活著回家。」妍順說。

「我們永遠不要忘記。」海琴說。

陰蝨是一種寄生在陰毛上的寄生蟲，都是從軍人身上傳來的，被陰蝨咬傷，皮膚會變得紅腫發癢。有空時，少女們就會張開雙腿，用鑷子互相摘除陰毛上的陰蝨。[165]

妍順和海琴結拜成了姐妹，她們像刺繡一樣用藍色的染料和針在自己左手腕上刺了相同的圖案。[166]

「東淑姐死了！」愛順哭著從東淑姐的房間走出來。

金福姐在東淑姐帶來的衣服裡找出一件最像樣的，幫她換上。她看到東淑姐長長的睫毛如同秒針似的在抖動，瞬間還以為東淑姐還活著。

因為沒有鮮花，少女們只好呼出一朵朵大大小小的霧氣花來裝飾。秀玉姐每次張嘴都會露出齙牙，然後呼出三、四朵如辣椒花般的小花。妍順和海琴的哈氣匯聚在一起，綻放出一朵牡丹。

金福姐在東淑姐臉蛋正上方，艱難地呼出一朵仿若佛頭花的巨大花朵。

歐都桑把死去的東淑姐拿去燒了。只要有少女死在慰安所，歐都桑就會用麻袋裏住屍體丟到田裡，或用火燒掉。

少女們一邊接待軍人，一邊聽著焚燒東淑姐屍體的聲音，聞著屍體燒焦的氣味，像極了魚腐爛的味道[167]。肚皮膨脹炸開的響聲和骨頭燒焦的聲音迴盪在天與地之間，最後傳進了少女們的耳朵裡。[168]

偏偏那天，一批又一批的軍人接踵而至，少女們連晚飯都沒空吃，一直接待軍人。從戰場回來的軍人身上有股牛糞味，如火山口般通紅的眼睛充滿殺氣，就像狩獵中的獵犬一樣處在興奮狀態。一隻腳還穿著軍鞋的軍人剛進入她的身體，便像餓鬼似的張大嘴巴，朝她的臉嘔吐；自然鬈的少尉進入她的身體時，不停發出蒼蠅在原地打圈圈的聲音。她想像著匍伏在自己身上、咬著耳朵的軍人變成了瘋狗。每當軍人做出猙獰的表情時，電燈泡就會一閃一閃的。

清晨時分，她才去了焚燒東淑姐的地方。金福姐和芬善已經先到了。金福姐邁步走進灰堆，每走一步便會帶起一團依稀的銀灰。晨光照在金福姐的大腿上，肌膚蒼白得可以清楚看到上面的青筋。金福姐彎下腰，撿起了什麼東西。那泛白、圓圓的東西是東淑姐的頭骨，它在晨光的照耀下散發著奇妙的白光。金福姐用手拂去頭骨上的灰，用粗布包起來。

金福姐把東淑姐的頭骨緊緊抱在懷裡，喃喃道：「好暖……像心臟一樣。」

金福姐把東淑姐的頭骨帶回自己的房間，放進了裝衣服的箱子裡。一年後，金福姐離開慰安所時，最先把頭骨收進了行李。金福姐說，如果能活著回家，就幫東淑姐把頭骨埋在她的家鄉。[169]

＊

她把軍官給的日本錢和軍票都給了哈哈。對少女們而言，日本錢等於沒用的廢紙，她們根本無處可花。

鳳愛的房間裡傳出金福姐開導她的聲音。「妳這是做什麼？我們為什麼要死在這裡？」

「反正都殘廢了……」鳳愛已經吸了毒。

「無論如何我們都要活著回家啊！」

「姐，就算我活著回去，也沒臉見我媽了……」

「妳振作點，我們不能像狗一樣死在這種陌生的地方！」

雖然鳳愛戒掉了鴉片，又抽起了菸、喝起烈酒。

哈哈派少女們去部隊出差前，會帶她們到中國人村子裡的澡堂洗澡，少女們互相搓澡時，哈哈會叫在澡堂做事的中國女孩幫自己搓澡。少女們在中國人的村子，看到了那裡的慰安所。

福子姐是在東淑姐死後送來的新人，看上去跟哈哈的年紀差不多大。福子姐沒有問慰安所是做什麼的，隔天一早也沒有哭著跑遍每個人的房間。

福子姐指著一棟位於繁華街道的三層磚瓦房說：「那裡也住著很多從朝鮮來的女人。」

磚瓦房的每一層都有間隔統一的長窗，每一扇都裝了鐵窗[170]。大門是鐵做的摺疊門，門口的柱子上掛著木招牌。她不懂漢字，所以無從得知招牌上豎寫的幾個漢字是什麼意思。只見磚瓦房的摺疊門開了，一個年紀不小的少女跑了出來。雖然穿著和服，但她知道那個少女是從朝鮮來的。即便是穿和服或旗袍，她都能認出家鄉的少女。

少女穿過馬路直奔商店，好像買了什麼東西後又跑了回去。少女剛跑進磚瓦房，大門便像再也不會打開似的發出刺耳的金屬聲，徹底緊閉。

「那裡本來是中國人開的旅館，後來被日本人搶走了。」

福子姐還知道，當時開旅館的中國男人在旅館走廊上吊死了。

「聽說，日軍還剖開中國女人的肚子掏走了嬰兒。」鳳愛說道。

「我看到六個日軍在哈爾濱站後面強姦一個中國女人。那幾個軍人看到中國女人路過，像群瘋狗似的撲了上去，中國女人嚇得拚死逃跑，但沒跑幾步就被他們抓住了。幾個中國男人就站在那附近，但他們都事不關己的看熱鬧。」福子姐說。

少女們每週會去草屋做一次性病檢查，在那裡見到其他慰安所的少女。

有一次，她們看到草屋門前站了一排沒見過的少女。一個身穿軍服的男人正在催促臉色黃得跟枸橘似的少女。

「朝鮮女人就是不行。」[171]

男人一棒打在站不穩腳步的少女頭上。只見少女像陀螺一樣原地轉了一圈，膝蓋一彎，倒在地上。其他少女上前要扶起她，男人大吼一聲：「讓她死吧。」[172]

為了不讓她們逃走，男人用繩子把她們綁了起來，三個少女的手就像黃花魚乾一樣被綁在一起。[173]

她能聽懂簡單的日語，知道歐都桑和那個男人在說什麼。哈哈逼少女們講日語，要會日語的基淑姐和順德姐教大家。她學會的第一句日語是「いらっしゃいませ（歡迎光臨）」，哈哈要少女們接待軍人時，用這句話打招呼。[174]

「她們聽話嗎？」歐都桑問穿軍服的男人。

「從開城帶來的，很團結呢，只怕不聽使喚。」

「多少錢買的？」

「一個兩百元，一個一百元，還有一個一百五十元。」[175]

*

少女們被抓來慰安所的第三年，哈哈召集大家：「妳們想不想去新加坡？」

「新加坡？」

「想去新加坡的就告訴我，我送妳們去。」

少女們觀察著哈哈的表情，嘀咕道：「新加坡在哪？」

「在南方吧。」

「南方的話，應該很溫暖。」

哈哈命令一聲不吭的秀玉姐去新加坡[176]。隔天一早，決定去新加坡的少女們都收拾好了行李。

金福姐也被送去新加坡了。她把比自己大四歲的金福姐當成親姐姐看待。親切、溫柔的金福姐老家在慶州安康。家裡沒有吃的，母親便教金福姐帶著妹妹去挖樹根，結果在挖野菜時被軍人綁走。金福姐非常照顧她，因為她跟中途失散、生死未卜的妹妹長得很像。

金福姐走的時候，她恨不得砍下自己的一隻手臂做交換。金福姐臨行前，再三叮囑她：「要聽哈哈的話。」[177]

這句話聽起來過於卑躬屈膝，所以她假裝沒聽見。

在滿州慰安所，除了淋病和梅毒，還有一件事折磨著少女們。海琴自從牙痛得在地上打滾後，開始用手指在地上寫起了什麼。海琴用力把手指插進土裡寫著，土都跑進了指甲縫。她連數字都不認識，海琴也只會寫自己的名字而已。[178]

她不識字，只知道海琴在地上寫東西。

「那是什麼字？」她問道。

「大地。」海琴仰望天空，彷彿大地在天空的另一端。

每當太陽下山時，少女們想家想得都快要瘋掉了。她們得回家收衣服、準備牛食、搗大麥和燒火取暖……

她走進廚房小屋，看到英順邊吃麵糊邊哭。打水時被抓來的英順還不到十三歲，她不過是想打桶水回家，因為家裡能打水的人只有自己。英順五歲那年，母親因病去世，奶奶獨自把她撫養長大，從九歲開始，她就幫家裡打水了。

「不知道媽媽生了什麼病，臥床沒多久後就去世了。我還記得她頭上頂著包袱，揹著我走好幾里路去賣梳子、髮簪和布料……母親去世後，奶奶把我帶大。鄰居辦喜事時，她會跑去幫忙一整天，然後帶年糕和煎餅回來給我吃。」

聽英順這樣說，妍順也想起手捧木瓢、挨家挨戶乞討的弟妹，也跟著哭了起來。只要看到乾淨得沒有一絲雲朵的天空，她就會思念起家鄉綠油油的麥田。

雖然大家每天都想逃跑，卻沒有一個人跑出慰安所。即使有逃走的少女，最後也會被抓回來。

去婦產科檢查回來的路上，一個少女逃走了。抓少女回來的人不是歐都桑，而是憲兵。歐都桑把衣衫不整、滿身是血的少女拖到院子裡，重重地摔在地上。

「把這臭丫頭的腳砍下來，看她以後怎麼逃。」哈哈對歐都桑說。

歐都桑拔出刀，他下定決心要警告大家，逃跑會有怎樣的下場。大家不敢看那個少女，她們就像在比賽誰望得最遠一樣，把目光盡量投向了遠方。

歐都桑一刀砍在了逃跑少女的腳上。

*

她還是覺得那雙鞋是別人的，所以沒有穿。她覺得雙腳踩著的簷廊邊就像懸崖的盡頭，腳趾下意識地開始使力。由於舊襪子的襪筒過於寬鬆，襪子已經滑到了腳踝。她本想伸手去拉右腳的襪子，手卻停在腳踝處。

她看到踝骨上方有一道像橡皮筋勒出的痕跡，那是類似刀的利器留下的疤痕。她撫摸著疤痕，發出嘆息。她意識到，在慰安所被砍傷腳的少女就是自己。

當歐都桑揮舞的大刀刺進腳踝時，她因無法承受的恐怖和痛苦暈了過去。

後來聽其他人說，大家都以為她失血過多死掉了。

*

據說他們抓了二十萬人，所以才會有十二歲、甚至十一歲的孩子……電視新聞說在日帝強占期，像自己一樣被抓去做慰安婦的人多達二十萬。真是難以置信，她心想，人又不是雞，怎麼可能抓走二十萬人？她曾一邊呼喚在滿州慰安所一起生活的少女名字，一邊數過人數。在滿州慰安所生活的七年，她總共見過五十多名少女，其中還有被賣來的少女。

漢玉姐提出要離開慰安所，但哈哈對她說：「那就把債還清再走。」

「多少錢？」

「兩千元。」[180]

少女們不知道自己欠了債，她們不知道哈哈給的衣服、像撒了黑芝麻一樣漂著米蟲的稀粥、跟鐵球一樣凍得硬邦邦的大麥飯糰、髒兮兮的衛生紙、衛生棉、湯婆子、煤球和歐都桑給的鴉片，都成了自己欠的債。她很想知道自己欠了多少錢，但始終沒有問出口。

哈哈給少女們記債的方式比出售豬牛等家畜還要容易，不需要行情、秤和算盤，哈哈說多少，少女們就欠了多少。[181]

她不知道自己所在的地方叫慰安所，只知道這是一個接待日軍的地方。她以為在中國人村裡看到的三層磚瓦房也是接待軍人的地方。直到長大後，她才知道慰安所、慰安婦的意思。在此之前，她以為自己生活的地方是一個妓女窩[182]。沒有人告訴她那個地方是慰安所，以及她就是慰安婦。

哈哈還會把軍人稱為客人。

軍人成群結隊的湧入時，哈哈會教大家準備接待客人。

少女們在抵達滿州慰安所前，根本不知道世上有這樣一個地方。[183]

少女們接待軍人時，會從他們那裡拿到一張又黃又硬、只有花牌四分之一大小的紙[184]。那張紙就是軍票。

軍人們花錢跟哈哈買軍票，然後少女們會把軍人給的軍票收集在一起拿給哈哈，做為經過少女身體的代價。軍人們給的軍票，少女們一張都不能占為已有。但對少女們而言，軍票不過是一張廢紙。軍票是軍人使用的錢，少女們無法使用這種既不是錢、又能當錢花的東西。

根據軍票數量，哈哈可以知道少女在前一天接待了多少軍人。哈哈利用統計曲線圖標出每個少女接待的人數，貼在牆上。[185]軍票數量最少的少女不僅沒飯吃，還要掃廁所。哈哈會給交最多軍票的少女最好的衣服，還會另外給她罐頭之類的食物。[186]軍票對哈哈而言就跟錢一樣，因為軍人都要花錢跟她買軍票。

有一次，一個軍官給了她一張滿州錢，她把那張錢也給了哈哈。在慰安所的少女們眼中，錢跟軍票一樣是廢紙，她和其他人一樣都不認錢。[187]

一些軍人臨走時會把軍票丟進裝保險套的桶子裡，少女們不想從散發惡臭的保險套裡找出軍票，再清掉上面的分泌物，所以會把軍票偷偷拿去廁所丟掉。

哈哈發現前天賣給軍人的軍票與第二天少女們交的軍票數量有差異，會把所有人叫到院子裡讓大家跪下，手持木棍站在一旁的歐都桑一棍接一棍的打在少女們的大腿上。就這樣，每個人的大腿上都出現像輪胎的黑痕。

她繳的軍票總是很少，對此哈哈毫不掩飾自己的不滿。有一次，她上廁所回來的路上看到皎潔的月亮，抬頭仰望了一下，被哈哈一拳打在她頭上。

「妳在打什麼歪主意？」

幾天後，她在盥洗室洗頭，喃喃自語了幾句，哈哈又拿起洗衣棒打在她背上。

「妳在罵誰呢？」

比起軍人，她更怕哈哈。[188]

由於下體腫得嚴重，她一連四天都不能接待軍人，所以一張軍票也沒交。

哈哈氣得大吼：「妳要是一天到晚病奄奄的，就把妳送去別的地方。」

即使她想逃離慰安所，但也很害怕聽到這句話，因為這聽起來像是要殺了她。

少女們從沒收過軍人的錢，有些人卻說她們收了。[189] 那些人非要說不能買米、買衣服、買膠鞋的軍票就是錢。

她在慰安所從未主動自願地接待過軍人，更沒有以賺錢為目的接待過軍人。她就像入殮的屍體躺在那，一個接一個的軍人撲向她。有的傢伙進入她的身體就射了，有的傢伙則會等上一會兒，還有的傢伙會猛地拉開房門拽下騎在她身上的人，然後把自己的東西插進去……什麼樣的傢伙都有。[190]

春熙姐打掉孩子後，下面一直出血，只能躺著，但軍人們還是撲了上去。[191]

她知道在當慰安婦的少女中有人收了錢。曾在新加坡慰安所的少女說自己收過錢，軍人交的錢會分給她們六成，所以她為了多賺一分錢，在身體允許的情況下儘可能的接待了軍人。少女之所以這麼做，是因為最初以為要去工廠做事，結果在廣東的慰安所待了三年之久，徹底成了廢人之軀。當時，日本為了補足戰爭資金，強迫所有人儲蓄，於是少女以希子的名字把賺來的錢存進郵政儲蓄銀行。戰爭快結束時，她在銀行裡存了很多錢，但戰爭才一結束，存摺就被廢除了。她帶著一線希望把存摺帶回朝鮮，在得知一分錢都領不出來後，便把存摺撕了。[192]

*

據說活著回來的只有兩萬人，他們抓走了二十萬人，可日本戰敗後，返家的人只有兩萬。

她驚訝於自己是那二十萬人中的一人，更令她驚訝的是，自己是那兩萬人中的一個人。二十萬中的兩萬，等於十分之一。也就是說，十名中有一名……她以為自己算錯了。但不管怎麼想，她都無法相信怎麼十個人裡只有一個人活著回來。

候楠姐活著回來了嗎？

比她大五歲的候楠姐一天被注射五次鴉片。後來，歐都桑見她整天躺在床上哭，對軍人是否碰自己的身體無動於衷後，就把她從房間裡拖出來。歐都桑就像拖草蓆一樣拽著候楠姐的頭髮，把她拖到田野。少女們站在鐵柵欄另一頭，看著歐都桑把候楠姐丟在寸草不生的原野上。那是一個颳著狂風的陰天，滿州的風有股騷味。像木炭一樣的黑烏鴉以為候楠姐的哭聲是在召喚自己，成群結隊地朝她飛撲過去。[193]

「看吧，我們都別想活著出去。」[194]春熙姐癱坐在地上嘆息。

隔天一早，少女們走出房間去吃早飯時，發現被丟棄在原野上的候楠姐不見了。哈哈的女兒說，一群騎著馬的馬匪把候楠姐帶走了。

順德也上了鴉片的癮，整張臉變得黝黑。儘管歐都桑口口聲聲答應會救順德一命，還是給她注射了鴉片。195

她也在撐不住時注射了鴉片。196 注射鴉片後，不管下面再怎麼流血也不覺得痛了，連接待了多少軍人也渾然不知。不僅心情變好，也有了活著的樂趣。但當鴉片的效力消失，全身的骨頭就好像被震碎了一樣酸痛，渾身乏力、無精打采。最初她一天只打一針，後來撐不住，一天打了兩針。在軍人像螞蟻一樣蠶食自己的星期六和星期日，她一天打了五針……

看到候楠姐被丟棄在原野上，她一下子打起精神，戒掉了鴉片。每當想打鴉片時，她會抽菸或喝酒。197

*

軍人蜂擁而至時，福子姐會朝走廊大喊：「南邊來了很多軍人！」198

她覺得那句話比要殺了自己還可怕。

歐都桑把美玉姐送來時，不知道她已懷有身孕，由於胎兒過大無法動手術取出來，歐都桑就讓她挺著大肚子接待軍人。雖然美玉姐說腹中的胎兒已經死了，但她的肚子還是一天比一天大。

「美玉姐，妳真的能生下孩子嗎？」君子邊洗保險套邊問。

君子是和美玉姐一起來的，君子跟她同齡，兩人很快就成了朋友。君子臉上有塊胎記般的瘀青，那是軍人發現她用撿來的綁腿布當衛生棉，嫌她髒，就痛打了她一頓。[199]哈哈總是不給少女們足夠的生活用品，像是沒有牙膏時，大家就只能用鹽刷牙。

「就算能生下來，也不會是個健康的孩子。」漢玉姐說。

美玉姐說，她在來慰安所前一直待在一個叫黑龍江省的地方，被關在一個像豬圈的地方接待軍人，她就像豬和牛一樣靠送來的高粱充飢，想上廁所時，要喊守在外面的軍人，然後軍人會送來鐵桶讓她解決大小便。[200]美玉姐說，在那裡憋大小便就跟接待軍人一樣痛苦。

福子姐一瘸一拐地提著裝滿保險套的鐵桶走進盥洗室，昨天她被喝醉酒的軍人揮舞的刀刺傷了大腿。

＊

海琴吃早飯時，說昨晚夢到了父親。

父親在夢裡問她：「海琴啊，妳在那麼冷的地方做什麼？」

「母親呢？」

「外婆快死了，她去外婆家了。」

海琴哭著說，患病的父親一定去世了。[201]

*

芬善拜託經常來找自己的野戰通信局長打電報回她家。那個局長說自己老家在東京，畢業於早稻田大學，退伍後在郵局工作，後來被派到野戰郵局，隨部隊來了滿州。他幫芬善打了一份電報回老家。[202]

芬善不識字，於是金福姐代筆。

我到了絲綢廠，你們要健康地等我賺錢回家。

請不要回信。[203]

但沒過多久，芬善收到兩封從老家打來的電報。局長把電報拿給芬善。兩封電報間隔了一個月。

母親病危。[204]

母親過世了。[205]

6

她把雙腳往前伸併攏，雙手握拳放在大腿上，雙眼就像挖空的洞一樣，執拗地直視著虛空中的某一處。

只要活著，只要還有一個人活著……206她用連自己都聽不到的聲音低語。

她一動不動地坐在那裡，突然，一張臉從矮牆探出來，把她嚇了一跳。她以為是平澤的侄子，但仔細一看才發現是電氣查錶員。

查錶員伸長脖子，把一個又黑又方的東西放在自己前方，然後慢慢把臉轉向她。當她察覺到那個又黑又方的東西是望遠鏡時，抽動了一下身體。

「看得好清楚啊。」查錶員咧嘴笑著，笑得露出了牙齦。「您的臉就像在我眼前一樣，看得好清楚。年輕時，大家一定都誇您是美女吧，想必村裡的男人會為了看您一眼，在大門口排隊吧。」

聽到查錶員油嘴滑舌的玩笑，她厭惡地擺擺手。

軍人站成兩排。每個房間門口都站著兩排軍人，擠來擠去。一個進去出來後，另一個再進去……[207]

「我本來想丟掉這個老古董，沒想到帶出來還真派上了用場。有些人明明在家，卻怎麼叫也不開門。大家不開門，我怎麼查電錶。沒辦法，只好帶著望遠鏡到處走了。大門都上了鎖，也不知道都在裡面做什麼。」

查錶員這番話好像是在說自己，她覺得很不好意思。三、四個月前，她躺在臥室裡，聽到小巷裡有人焦急的喊叫。她半夢半醒，還以為是電視發出的聲音。雖然意識到查錶員是在喊自己，當下卻好像被鬼壓床似的動彈不得，只能仰望天花板躺在那。查錶員用力搖晃了幾下大門就走了。查錶員走後，她仍一動不動地躺了很久。

「有幾戶明明有住人，卻像個空屋，連我這種大男人都不敢進去。」

她明白查錶員的意思。十五段有幾戶人家的確很難分辨裡面是否有人住，每次她路過這種房子時，都比路過空屋更緊張。

「您這個月比上個月多用了一倍的電。」

「電？」

電費和水費等公共事業費用都會從平澤侄子的存摺裡自動轉帳。如果多用了一倍的電，那電費也會增加一倍，平澤的侄子一定覺得奇怪。難道是為了看關於最後一個倖存者的新聞，從早到晚開著電視的關係？但之前她也整天開著電視啊。說到家電，顯而易見的只有電視、電鍋、電冰箱和小型洗衣機。現在已經八月中旬了，但她根本沒有開過電風扇。

「不可能啊……」

「老奶奶，您也真是的，電錶總不會說謊吧？」

「喂，年輕人……二十萬人裡的兩萬人……是十分之一吧？」

「二十萬人裡的兩萬人？」

「二十萬人裡面有兩萬人的話……」

「二十萬人是什麼意思，兩萬人又是指誰啊？」

查錶員沒有回答她的問題，反倒問得她心慌起來。她不知道該如何解釋，只得閉上嘴。

「是哪裡要選兩萬人，結果有二十萬人報名嗎？二十萬人，相當於一個中小型城市的人口數了……」

她緊閉著嘴，不想再提這件事。

「您為什麼緊握著拳頭啊？」

「怕蟑螂溜走……」

她沒料到這句話會從嘴裡竄出來。

「螺螄？」查錶員收起狡猾的笑容，打量著她。

「沒什麼……」

「您剛才不是說了螺螄嗎？」

「沒有……」

「老奶奶，您要不要跟兒女商量一下，做一下失智症檢查。您別不高興，我岳母就有失智症，所以我對失智症有些了解。這種病最好要及早發現，除此之外沒有別的方法。」

查錶員見她依舊一語不發，尷尬地走了。

她一直等到查錶員的腳步聲消失在小巷盡頭，才慢慢攤開左手，像在尋找隱藏的畫般盯著自己的手掌心。

*

有一次，少女們到山中偏遠地方的部隊出差。到了晚上，軍人們在帳篷外生起火，還把少女們叫出來。少女們圍坐在熊熊燃燒的火堆四周，憔悴的臉上也露出笑容。一個軍人把裝有高粱酒的水壺遞給少女們，水壺在少女們手中輪了兩圈後，香淑唱起了歌。香淑在臺灣慰安所時，學會了特攻隊教的歌。

「勇敢地起飛，從新竹出發，穿越金波、銀波的雲朵。沒有人為我送行，只有由里子在為我哭泣。」[208]由里子是香淑的日本名字。

日軍看到少女們聚在一起的歡聲笑語，也跟著笑起來。但她絲毫提不起興致，一臉不悅地望著大家和軍人們。她看到了死去的少女，吞下鴉片和血死掉的基淑姐正擠在軍人之間笑著。

就在她朝基淑姐強顏歡笑時，一個軍人拍了一下她的肩膀。她轉過頭去，軍人遞給她一個水壺。

她接過水壺，喃喃地說：「該死的東西。」[209]

軍人立刻皺起眉頭，一巴掌甩在她臉上，手中的水壺滾到地上。雖然日軍聽不懂朝鮮語，卻能聽懂髒話。

*

她的嘴抽搐了一下，因為想不起一個人的名字，近似嘆息的呻吟聲間歇地從她的嘴縫傳出來——那個少女來了，又一聲不響地消失了。

*

她聽到大家一邊洗保險套，一邊竊竊私語，那個少女已經懷了六個月身孕。[210]

那是一個個頭矮小、留著像牙刷毛般稀疏小鬍子的軍官。軍官見她那裡腫得無法插入自己的性器，硬是把性器插入她的嘴。她一時驚慌，把他的性器咬出了齒痕。軍官惱羞成怒地破口大罵，一把將她推到牆角。軍官破門而出，叫來歐都桑。歐都桑把她拖到院子裡，用木棒毆打她，打到她暈了過去。等她醒來時，左手臂腫得嚇人，從手肘到肩膀的骨頭都斷裂錯位了。

「妳昏迷了整整兩天。」漢玉姐對她說。

「我們還以為他會殺了妳，真是萬幸啊。」[211]

美玉姐用手撫著胸口。直到她的骨頭長好前，哈哈仍一直讓她接待軍人。[212]

天氣開始熱了，越來越多少女因下體水腫化膿而受苦，連走路都有困難，只能用小碎步移動。連廁所都去不了的人乾脆在房間裡放了一個鐵桶。英順的梅毒越來越嚴重，黑紅色的皮膚已經潰爛到了肚臍。

美玉姐的肚子已經大到再也不能接待軍人了，她每次都哭著去廁所，因為生怕自己小便時，孩子會掉進糞坑。慰安所的糞坑一望無底的深。

哈哈見美玉姐再也無法接待軍人，於是讓她負責幹廚房的活。其他少女接待軍人時，美玉姐在廚房地板鋪上麵粉袋，躺在上面生下了孩子。[213]孩子生下來還不到十天，美玉姐就開始接待軍人了。每當那時，感染梅毒的少女便幫她照顧孩子。等到孩子能抬頭了，哈哈就用粗布包住孩子，送到中國人的村子。

不久後，少女之間便傳出消息，說哈哈把孩子賣給一個非法幫人看牙的中國人。

*

春熙姐瘋了，她穿上在自己房裡熟睡的士官的軍服，在走廊上晃來晃去。[214]但哈哈還是一直讓春熙姐接待軍人。

「帶她去洗洗臉。」

春熙姐不洗臉，滿臉都是花生殼般的髒東西。她拉著春熙姐的手來到盥洗室，讓春熙姐把臉伸到水管前，然後打開水龍頭。

「媽，妳在哪？怎麼一覺醒來就不見了呢……」

髒水流進了春熙姐的嘴裡。

「她去田裡了。」

「田裡？」

「去挖馬鈴薯了……」

「我媽去哪了？」春熙姐一臉嚴肅地看著她。

順熙姐用雙手抓著她的手臂搖晃著。「哪也沒去。」

「媽，別丟下我一個人。」

「她沒走，哪也沒去。」
大家吃完早飯來到院子裡，只見歐都桑掄起拳頭猛捶春熙姐的頭。
「妳不老老實實地待在屋子裡，到處亂跑什麼？」
歐都桑一拳又一拳，越來越用力地打在春熙姐的頭上。

*

午夜時分，一個軍官來到慰安所，問了她的名字。這天她接待了三十多個軍人，這才勉強地睜開眼睛。
軍官說：「我給妳取一個名字吧。妳就叫隆子。」
就這樣，她又多了一個名字。
雖然明知道回不去老家，但她還是很羨慕記得老家地址的少女們。
君子把自己家的地址告訴了她。「慶尚北道漆谷郡枝川面……沿著一條像鐮刀一樣彎的小路一直走到盡頭，就可以看到我們家了……妳背下來，要是以後我忘了，妳再告訴我。」
就這樣，她一遍又一遍地仔細背誦君子老家的地址。她從沒去過君子的老家，卻覺得曾經去過，因為她家也在彎曲小路的盡頭。
不知不覺間，原本十三歲的她已經二十歲了。七年來，她只長了兩節手指那麼高。七年來，只剩下她和愛順沒有離開滿州慰安所。芬善也在某一天跟著歐都桑離開了。說好永遠不要忘記彼此，還用針在左手腕刺青的妍順和海琴也分道揚鑣了。

七年前，在開往北方的火車上，她是年紀最小的孩子。

歐都桑送來了兩個少女，其中一個十三歲。十三歲的少女彷彿把七年前，她遺留在大邱火車站的靈魂也帶來了。少女身穿黑色粗布赤古里和鬆垮的褲子，滿臉的無知。

「妳怎麼會到這種地方來？」英順問。十六歲的英順手裡夾著點燃的菸。

「既然來了，就只能聽天由命了……」

英順把菸送進嘴裡，嗆人的煙遮住了她的臉，接著消散在空中。

哈哈幫少女取了日本名字。「從今天起，妳就叫貞子。」

哈哈忘了貞子是漢玉姐的名字。注射六〇六藥劑後倒在一旁的漢玉姐打了幾個嗝，突然渾身抖動起來。

*

一九四五年的夏天。哈哈抹著眼淚，焦躁地踱來踱去，她的女兒也哭哭啼啼地坐立不安。日本即將戰敗的消息在少女間傳開，大家也跟著緊張起來。少女們都以為要是日本戰敗，大家就得跟著一起死。[215]

歐都桑朝去上廁所的她，咬牙切齒地說：「看來得把這臭丫頭殺了。」[216]

軍人們變得越來越粗暴，身上帶著一股羊羶味。他們酗酒後，還會互相大打出手。

吃完早飯已經過了好一陣子，卻見不到一個軍人的身影。少女們既高興又不安，因為她們沒聽說前線有交戰。哈哈的收音機也跟啞巴似的一聲不響。歐都桑吃過早飯後便開著貨車出去了，大家以為他又去接其他少女了。之前少女的人數增加到了三十九人，現在已經減少到三十二人。

已經日上三竿，還是沒有軍人來。她和香淑面對面的張開雙腿，互相幫對方抓陰蝨。

昨晚有個軍官，把香淑的雙頰打得像含了兩顆糖球一樣腫。因為香淑接待了二十多個軍人後，像條海參般軟癱在床上。軍官見香淑沒有起身歡迎自己，就把她拽起來，狠狠打了她好幾個耳光。[217]

香淑告訴她自己搭軍用火車時遭到輪姦的事。

火車開出平壤站行駛了兩三天後，突然停下來不走了。那列是運送軍人和軍需用品的軍用火車，貨艙車廂裡載了三十多名少女，由一名軍人看守著這些無處可逃的少女們。貨艙車廂四面無窗、一片漆黑，根本分不清是白天還是黑夜。雖然能聽到擴音器傳出的聲音，但少女們根本聽不懂在講什麼。突然，車廂門開了，兩名軍人舉著槍要所有人下車。一臉茫然的少女們互看了彼此一眼，慢慢站了起來。上百名軍人等在車廂外，他們看到少女們下車，便撲上前把人拽進了田野裡。只見像大麥一樣高的田野裡飄動著少女們的黑裙。[218]

「蒼天在上，他們竟然做得出這種事。」她說道。

哈哈難得煮了一鍋大麥飯做成飯糰。她每次只給每個人一個飯糰，這次卻給了兩個。

「多吃點吧，也不知道之後妳們是死是活。」[219]

「為什麼不知道我們是死是活？」英順問。

「我們日本要輸給美國了。日本戰敗的話，我們就得死，妳們也活不了。」[220]

那天夜裡，一個士官把打碎的玻璃瓶倒插在慰安所的院子裡，然後把自己的頭錘在了上面。[221]

7

她剛才還坐在簷廊邊上，現在卻突然不知去向，只留下那雙鞋整整齊齊地擺在那裡，左右腳就像不肯分離似的緊緊貼在一起。

她蹲坐在臥室的角落，面前攤放著幾張撕下來的報紙。她拿起其中一張，泛黃的報紙一角印著一個女人倔強的臉，那是一張比證件照略大的黑白照片。

她把雙眼的焦距對準女人的臉。這個女人叫金學順，就是幾十年前在電視裡哭泣的女人。

金學順……某天晚上，這個女人哭著出現在電視裡。當時她正在吃飯，看到金學順在電視裡哭，她嘴裡含著米粒，也跟著掉起眼淚。[222]

她連那天的日期都還記得。一九九一年八月十四日。她跟往常一樣獨自在家看電視，令她吃驚的是，跟自己遭遇相同的人竟然出現在電視裡。[223]

明明有活著的證人，世人卻說這件事不存在，所以她才流淚，才覺得無言、無能為力[224]……金學順說，就是因為這樣，才決定把自己的遭遇公諸於世。

她拿起紅筆在報紙上畫下紅線，然後拿起撕下的報紙，出聲朗讀畫紅線的部分。她無法念出完整的句子，聲音像切凍明太魚那樣斷斷續續的。

我孤身一人，
無依無靠。
在這殘酷的一生裡，
上帝讓我活到今天，
就是為了做這件事。
像我這種女人，死了就算了，誰會好奇我悲慘的一生呢……
為什麼我不能像別人一樣，堂堂正正地做人呢？
我是受害者啊。[225]

當過慰安婦的女人一個接一個的跟著她的腳步，出來作證，我也是受害者，我也是受害者，我也是受害者，我也是受害者，我也是受害者……

之前她聽說，國家正在為慰安婦受害者作申報登記。只要攜帶能證明自己曾是慰安婦的照片或物品到洞事務所、區廳或道廳申報，就可以登記為慰安婦受害者，便可以領取到政府提供的生活補助金。

她拿起那張十六開大小的報紙，放聲朗讀。報紙一角印有一張老婦人的黑白照片。

……日子過得太艱難，聽說政府會給補助金，所以我九三年時主動去道廳申報。道廳的人問東問西，說要確認我是不是真的去過慰安所。我心煩意亂，根本不想再提過去的那些事。但他們抓著我，像在審問似的問了我三、四個小時。

一天接待了多少軍人？軍人進屋後是怎麼脫掉褲子的？有沒有感染梅毒？……要回答那些根本就不想回憶的事，真是快被逼瘋了。就算是審問也不會這樣吧！難道我會欺騙他們，謊稱自己去過慰安所嗎？就為了那點生活補助金？要是有能幫我出醫藥費的子女，我才不會去申報呢。

這件事我瞞了大半輩子，人都快進棺材了，還要逼我親口說出來。怪就怪我命薄、沒福氣。我做錯了什麼？生在窮苦人家，信了他們的話，跟著他們出去賺錢，這是罪嗎？

我從慰安所逃出來前就感染了梅毒。為了治療梅毒，不知道吃了多少苦頭。我認識的一個人，婚後把梅毒傳染給了丈夫，結果身分暴露被趕出家門。沒過多久，她生了一個兒子，起初兒子還很正常，但不到四十歲時突然得了精神病。

醫院把她找去，醫生讓所有人出去，只留下她一個人，問她是不是以前感染過梅毒。她難以啟齒，只能坐在那裡哭。梅毒就是這麼可怕的傳染病。她也怪可憐的，無意間毀了兒子的一生。聽說兒子後來出院了，但好像偶爾還是會發作。醫生不可能告訴兒子發病的真正病因，但他還是鬧著要殺死自己的母親，說因為從她那麼骯髒的洞生下來，害自己變成這樣。226

那是什麼心情啊？……我每天都吃一顆頭痛藥，但聽說這件事的那天吃了兩顆。

申報以後，日子更寂寞了。我大姐說，這種事一旦爆光，會連累姪女們沒辦法嫁人，教我不要講出去。但我還是不顧她的反對去申報。大姐和姪女們再也不跟我來往了。227

從九四年一月開始，我領到了生活補助金。228

她很好奇大家是怎麼躲起來過日子的，明明她自己就遮遮掩掩地獨居了七十多年。

首次出現在電視上，公開承認自己是慰安婦的金學順也是過了五十年後，才站出來表白了這件事。她也想站出來，告訴世人自己也是受害者。每當冒出這種念頭，她都會用手帕摀住自己的嘴。

「我也是受害者……我也被抓到滿州的哈爾濱做了那種事……十三歲……還是個孩子就被抓去……」每次跟姐妹們見面時，這些話都擠到了舌尖，最後還是被她強嚥了回去。

不久前才聽說政府登記的慰安婦有兩百三十八人，怎麼可能只剩下一個人了呢？她搖著頭，秒針轉動的聲音鑽進了她的耳朵。

她抬頭望向掛在牆上的鐘，圓框、黑色的錶針。

沒時間了……

人類看似永恆的一生，不過與鳥兒飛上枝頭再飛走的時間一樣短暫。

*

她收起那些報紙碎片，攤開一張白紙，右手握著一隻黑色水性簽字筆。她一輩子沒寫過日記，也沒寫過信。在滿州慰安所時，她很想寫封信寄回老家，但不知道家裡地址，連自己的名字也不會寫。慰安所的少女都和她一樣不識字，更不會寫字。她感到萬幸的是，沒有寫信寄回老家，因為她知道會寫些什麼。

爸爸，媽媽，我到了滿州。
這裡從早到晚都有軍人排隊進出我的房間。
我就快要死了。[229]

原本是文盲的她在大學校長家做幫傭，才半個月就被趕走了。因為女主人給了她一張紙條，教她按照上面寫的內容去採買。女主人見她不知所措，才發現她不識字，隔天就把她趕走了。

五十歲以後，她才學會識字。她在國小前的文具店買了韓語教材，從字母開始學起，足足用了三個月時間，才寫出自己的名字。雖然已經把自己的名字寫過一百多遍，每次下筆時，手還是會猶豫不決地顫抖。

她能讀，但始終對寫沒有信心。

我

她好不容易寫出一個字，然後收回水性簽字筆。

我？

她不知道自己是怎樣的一個人，是善良，還是邪惡；是開朗，還是沉悶；是固執，還是溫順；是慢郎中，還是急性子。她連自己的感受也搞不清楚，是喜是悲；是幸福，還是生氣。曾經僱她做幫傭的女主人們都說，她是一個寡言少語、性情溫和的人；姐妹們卻覺得她很木訥固執、難相處。每次看到姐妹們七嘴八舌的聊天，她也覺得也許自己天生就是個少言寡語的人。

每當思考自己時，最先湧上心頭的感情是羞恥。對她而言，思考自己，是一件充滿恥辱和痛苦的事。她既不思考也不講話，最終忘記了自己是怎樣的一個人。

她因不了解自己而感到手足無措，但握著筆的手指再次出力。

我也是受害者。

接下來要寫些什麼呢？茫然若失的她痛切意識到自己，什麼也沒忘記[230]。

即使記不清一個小時前做過什麼，但七十年前發生的事仍歷歷在目，連掛在慰安所天花板上一閃一閃的燈泡都還記得。

有人指責她們揭露慰安所惡行的證詞前後矛盾、沒有可信度，而且無法證明她們是幾歲被抓走、被誰抓走、被抓去了哪裡。那些人卻沒有考慮到她們連故鄉的地名都不清楚，大部分人沒有上過學，連自己的名字都不會寫。幾十年過去，這些記憶也成了碎片，被打亂在一起。

即使她不知道滿州慰安所的名字，卻清楚地記得吞下鴉片和血而死的基淑姐的牙齒，像石榴籽一樣閃閃發亮，以及沾在保險套上的排泄物散發出的酸澀、腥臭。她甚至還記得飯糰上那些像撒了黑芝麻一樣的米蟲個數。

有時，她什麼也想不起來，只記得那裡的寒冷。[231]

如果從頭到尾都記得，她是活不到今天的。[232]在她腦海中，滿州慰安所發生的事就像冰塊一樣散落四處。那些冰塊是如此冷冽、透徹。

把這些事講出來談何容易？更何況是隱瞞了五十、六十、七十年的事。這些事就連對躺在墳墓裡的母親都難以啟齒。她去了一趟墓地，覺得必須向已故的母親傾訴一番才能活下去，結果一個字也沒提，只拔了些野草就回來了。

她想忘記在滿州慰安所發生的一切，同時也擔心萬一得了失智症，什麼都不記得了怎麼辦。

我也是受害者。

她大聲念出白紙上的字。想要說出所有事情的衝動籠罩著她。

我想說出來，然後死掉。[233]

8

她站在臥室窗邊呆呆地望向小巷，臉上戴著那張面具。

死掉就算了，誰會在乎我這種女人悲慘的一生呢……喃喃自語的聲音迴盪在面具和她的臉之間，便消失無蹤。面具上的兩個洞和她的眼睛交錯，遮住了視線，但十五段的每一處角落仍歷歷在目。

她想起二妹住院接受化療時，雖然她有五個孩子，但大家都忙於工作，生活也不寬裕，所以她在醫院幫忙照顧了一些時日。

二妹見她無依無靠，於是問她。「妳在這世上最想要什麼？」

見她閉口不答，二妹說了自己最想要的東西。

「我想要一個金戒指。不多不少，兩錢純金的就好……一錢的太輕，跟沒戴一樣，三錢的又太重……」

二妹睡著後，她才說出了自己最想要什麼。

媽媽，我想要媽媽。[234]

*

士官死後，沒有人清走那個倒插在院子裡的玻璃瓶。鮮血凝結在玻璃瓶上，像生了鏽的王冠。

少女們間流傳著蘇聯軍就要殺過來的傳聞。還有人聽說，歐都桑打算殺了所有少女，因為撤離時帶不走所有人。

福子姐說：「反正都是一死，不如逃走吧。」[235]

她和四個少女一起從滿州慰安所逃了出來。福子姐、君子和愛順，還有一個想不起來名字的南海少女……大家都想逃走，但其他人下體腫得太嚴重，連走路都很困難。香淑流著淚，揮手要大家快逃。[236]

她看到頭綁黑色粗布的福子姐跑了起來，也心急如焚地套上不成對的足袋[#]追了上去。南海少女剛翻過慰安所的鐵柵欄就被歐都桑開槍擊中，倒在地上，其他人顧不了那麼多，各自拚命向前跑著。

逃出慰安所後，少女們先躲進了一望無際的野生高粱地，高達兩公尺的野生高粱不停隨風搖擺。發誓不會再掉一滴淚的福子姐癱坐在地，嚎啕大哭起來。少女們看到野生高粱地裡到處都是醬油缸大小的罈子，她以為裡面裝著吃

拇趾與其餘四趾分開的日式分趾鞋襪。

的，於是上前看了一眼。當聞到罈子裡散發出的刺鼻惡臭時，她嚇得跌坐在地。中國人把屍體放進罈子，埋在野生高粱地裡。泡在雨水裡的屍體腐爛後，散發出刺鼻的惡臭。[237]

她和一起逃出來的少女在野生高粱地裡過了一夜，皎潔的月光穿過整夜翻滾的高粱穗，像碎片一樣灑落。

不知不覺間，大家都走散了。[238]

從慰安所逃出來的第五天，她成了孤身一人。她躲進中國人的家裡，因為天與地之間，只看見那一處像房屋的地方。

她看到坍塌的土牆上晒的都是男人的衣服，那裡果真只住著一個單身老人。單身的中國老人一眼就認出她是慰安所逃出來的朝鮮少女，也知道慰安所是做什麼的地方。老人說，如果她不跟自己一起過日子，就要去告訴日軍。她想到要是被日軍抓走就只有死路一條，只好住了下來。[239]

她不知道日本已經戰敗，朝鮮光復了。

她住的是一處坐在廚房吃飯時，老鼠會在腳邊亂竄的土房。她整整跟那個只剩三、四顆牙齒的老人生活了九個月。在釀酒廠工作的老人總是戰戰兢兢，生怕主動送上門的她離開自己。她不只一次在深夜醒來時，被坐在身邊盯著自己的老人嚇到。月光透過窗戶照在老人身上，他的肋骨看起來就像洗衣板一樣。

有一天，老人肩上扛著一袋地瓜葉梗回到家，他把地瓜葉梗放進鍋裡蒸，然後把從地瓜葉梗裡挑出來的蝸牛給了她。

她從沒見過比老人的手更髒更醜的手，就連那個把小貓粗魯塞進洋蔥網的老人的手，都比他的乾淨、好看。雖然老人的手又髒又醜，卻充滿了人情味。

每次裁縫店的狗舔她的手時，她都會想起老人的手。如果那隻狗舔的不是自己的手，而是老人的手，該有多好啊。

她說了謊。為了讓老人安心，她說絕對不會逃走。因為他心地善良，願意留下來一起生活。但她還是逃走了。

她知道老人已經不可能活在這個世上了，但衣櫃裡還是放著為老人準備的內衣。

她希望能在夢裡見到老人，因為有些話一定要告訴他。

你心地善良，待我如女兒一般，我也想過跟你一起生活，但我太思念母親了……我死前想再見母親一面……對不起……

*

她從老人的家逃走後，漫無方向和目的地的走著，然後在馬鈴薯田裡目睹幾個人用十字鎬砍死了一個人。

他們用挖地的十字鎬砍在那人背上，用砍柴的斧頭砍下那個人的脖子、手和腳，用割草的鐮刀刺穿那個人的心臟。當那個人的脖子被砍斷脫落時，凸出的眼球也滾到了地上。[240]

她還看到一群如木炭般的黑豬，啃噬著被火燒焦的女人的臉。

熙熙攘攘的日軍消失後，隨之而來的是蘇聯軍人。蘇聯軍人只要看到少女就會把人拖進田裡，不管是玉米、高粱、大豆還是馬鈴薯。蘇聯軍人走後，死裡逃生的少女才從田裡走出來。但也有沒能走出來的少女。

她不想被蘇聯軍人拖進田裡，所以偷穿了死去少年的衣服[241]。死去的少年看起來就像睡著了，彷彿立刻就會拍拍屁股站起來走掉。她覺得自己偷走的不是少年的衣服，而是少年的靈魂。

她還偷了一件歪著嘴死掉的少女的衣服。但她沒有穿那件白色的棉布赤古里，而是捲成一團放進了包裹。

她走在路上，看到講朝鮮話的人就上前纏著人家說：「請帶我回朝鮮吧。」

那幾個看上去像一家人的人同意帶她一起上路，但沒過多久就自己走掉了。

行商的小販把她帶進玉米田裡，要她放心。但沒走多久，小販就把她一個人丟棄在只有秕粒的田裡。242

她不認識路，身上也沒有一分錢，連她自己都不知道是怎麼走到豆滿江#的，更不知道自己是如何在接連不斷的轟炸中倖存的。日軍為了勦滅馬賊，放火燒了山，她不認識路，只能漫無目的地沿著燒焦的山路一直前行。243

她翻過燒焦的山，繼續朝鉛色的石山走去。走了整整一天半後，遇到一群像狗一樣匍伏著從近乎垂直的石山山崖下來的人們。那群人原本住在山腳的村子，為了躲避闖入村裡燒傷擄掠、強姦婦女的陌生人，白天會躲進山裡避難，晚上才回家找出藏起來的糧食果腹。244

她只要看到有人長得像朝鮮人，就會上前端詳人家的臉。她心想，說不定會遇到福子姐、君子或愛順。

她曾跟隨一個腰長、背影很像君子的人走了一段路，然後遇到一個曾待在其他慰安所的少女。少女的老家在忠清南道的天安。少女說，某天發現日本主人夫妻逃走後，才得知朝鮮已經光復了。

「蘇聯軍來了，說要放火燒了慰安所。」

她和那個少女一起趕了四天的路，直到走進人潮，徹底被人山人海包圍。

當她轉身時，發現少女不見了。

中國稱「圖們江」，上游為中國與北韓的界河。

她在人群中看到一個抱著大公雞、步履蹣跚的老婦人。老婦人很像之前她在大邱站見過、穿著白色赤古里、梳著絲綢般的髮髻、抱著大公雞站在月臺等火車的女人。老婦人見她朝自己走來，以為她要搶自己懷裡的雞，大喊大叫地跑開了。

＊

江水打著圈圈[245]，一圈一圈的就像打轉的石磨。據說那條江叫豆滿江。她從老人家裡逃出來後，走了整整五個月。看到豆滿江的瞬間，她雙腿發軟，癱坐在地。混濁的滔滔江水彷彿就是前往偏遠地區部隊時，橫跨過的江。

她看到騎馬和搭乘軍車沿著豆滿江移動的蘇聯軍人，江面上漂浮的屍體也映入她的眼簾，連江邊的草叢裡也可以看到屍體。

蘇聯軍人在豆滿江附近看守，不讓人們從滿州到朝鮮領土[246]。她混在人群裡，豎耳傾聽人們的一言一語，哪裡水深，哪裡水淺，哪裡會陷下去……

傍晚時分，人們把包裹頂在頭上，為了不讓水浸濕包裹，每個人都把頭伸出江面。看到過江的人一個接一個的多起來，她心急如焚，覺得如果今晚過不去，就永遠也過不去了。

有個女人用粗布捲起嬰兒揹在身後，走進江裡。才一眨眼的工夫，江水就沒過女人的腰間。她不知所措地望著嬰兒被江水吞沒又再次露出的小臉，耳邊不時傳來人們唉聲嘆氣的聲音。

「我的天啊，快點下水吧！」

「哎呦！」

人們被捲入打著圈的漩渦中，只見女人的黑裙子像氣球一樣膨脹起來，又縮了回去。揹著嬰兒的女人從她的視線消失了，不知道他們是否過江了。

她還看到波濤洶湧的江水捲走了一個挺著大肚子的少女。[247]

雖然她看到男人就會害怕得起雞皮疙瘩，還是拽著男人苦苦哀求：「大叔，請帶我過江吧。」

那些男人嘴上答應她，卻沒有一個人伸出援手。沒有人敢冒這個險，大家都擔心要是多帶上一個人，連自己也會被江水沖走。

急得直跺腳的她看到幾個少女手拉著手一起過了江。七個人都過去了，沒有一個人被江水沖走。[248]

她心想，或許上游的江面窄，於是沿著江往上游走去，但沒走多久，便看到一個額頭中彈的少女。[249]

破曉時分，過江的人逐漸少了。頭上綁著黑毛巾的女人拉著一個五、六歲的女孩走到江邊，女人讓孩子蹲在江邊，然後用手舀起漂著屍體的江水幫孩子洗臉。

「大叔，請帶我過江吧。」

她苦苦哀求一個看起來四十多歲的男人。

「妳有錢嗎？」男人穿著歐都桑平時常穿的燈籠褲。

「您結婚了嗎？」

「早就結了。」

「大叔，我沒錢，但我有一件很好的赤古里。您收下它，帶我過去吧。」

她從包裹裡掏出那件捲成一團的白色棉布赤古里，遞給男人。

「拿給我老婆的話，她一定會很開心。」[250]

男人沒有握她的手，而是抓住她的手腕。這樣一來如果遇到緊急狀況，他可以隨時放開手。

9

她以為只要過了豆滿江，故鄉就近在咫尺。她不知道自己過了豆滿江後，又過了五年才回到故鄉。

過了豆滿江，她走了一個多月才抵達平壤站。平壤站人山人海，擠滿了坐火車的人、離家打工的人、算命先生、賣年糕的、看起來像做工的、乞丐和腳夫。想到只要坐上火車就可以回家，她既激動又害怕。

她跟在賣年糕的人身後，懇請他給自己介紹一份能賺錢的工作。

「孩子，妳成年了嗎？」賣年糕的人直勾勾地盯著她黝黑、消瘦的臉。

「我二十多了。」

賣年糕的人把她介紹到醒酒湯店。一個駝背的女人獨自在平壤站後方賣醒酒湯，女人說自己拚命賺錢就是為了等被抓去當學生軍的兒子回來，買一間房子一起生活。她在那裡有飯吃、有衣穿，卻沒有領到一分錢。她和女人一起睡在店裡的小房間。回家需要錢，但她開不了口。

她在醒酒湯店做了三個多月，把自己的遭遇告訴一個每晚來吃飯的老工人。她沒講在滿州的事，只說自己本來要去大邱，但搭錯火車來到平壤，裝錢的包裹也丟了，現在連家也回不去了。

「那妳就得去賣身的地方了。」[251]

聽到這句話，她以為要把自己送回慰安所。當天晚上，她趁駝背的女人去上廁所，偷了幾張紙鈔，跑去了平壤站。

她坐火車來到鏡城，以為只要在鏡城站上火車就能回到大邱站。她以為自己抵達了大邱，但她下車的地方是釜山。

一個髮線分得筆直的老奶奶從她身邊走過，又轉身朝她走來。

「孩子，妳有地方去嗎？」

老奶奶把年過二十的她稱為孩子。

「沒有。」

「怎麼會沒有地方去？妳從哪裡來啊？」

「我不識字，不知道從哪裡來的。」

她實在難以啟齒自己在滿州接待軍人的地方待過，只能這樣回答。

「妳真的沒有地方去？」

「真的沒有。」

「那妳願不願意跟我回家看孩子，做一些家務活？」

她隨老奶奶去的地方是澡堂。她在那個日式澡堂一邊照顧七個月大的孩子，一邊幹活。她在那裡也沒有領到一分錢。[252]

她在慰安所整整待了七年，從慰安所逃出來又過去了五年，她花了十二年才回到故鄉。她不知道老家的地址，僅憑邑內的地名找回了家。她在邑內車站攔下路人便問，去黑谷怎麼走。她家在很偏僻的地方，從大邱站坐一個半小時的公車抵達邑內後，還要再坐半個小時的車，而且每兩個小時才有一班車。公車像憤怒的黃牛一樣行駛在山路上，她從腳下的震動可以知道，這條路就是十二年前載著自己和少女們的貨車行駛的那條路。

她就像從包裹裡掉出來的馬鈴薯一樣愣愣地站在車站，然後才邁開步伐朝村子走去。

她走進老家的院子，第一個見到的人是大嫂。母親去世了，父親中風躺在地板上。兩個妹妹都出嫁了，她不在家裡時出生的小妹也離家去魚餅廠工作了，只有娶妻的哥哥還留在老家照顧父親。

大嫂端著裝髒水的水瓢從廚房裡走出來，看到了她。

「您是哪位？」

這是她想問的問題。她作夢也沒有想到這個懷著第四個孩子、挺著大肚子的女人會是大嫂。

她一聲不吭地環顧著老家。老家就跟十二年前離開時一模一樣，枳樹依舊像籬笆一樣環繞著巴掌大的木屋[253]。

「您是……？」

這個問題過於無情，她癱坐在院子裡，失聲痛哭。

即使父親的神智清醒，也沒有立刻認出她[254]。歲月流逝，她那張飽經滄桑的臉上佈滿皺紋，像一朵了無生氣的小黃花[255]。在家人眼裡，她已是一個死去的人。哥哥見她十二年來音訊全無，已經做了死亡登記[256]。

她的親戚們問：「妳小的時候去哪了？怎麼現在才回來？[257]」鄉親大多都是她的遠房親戚，住在山溝裡的堂嬸不敢相信，還用手掐了一下她的臉。

麻雀、雞和山羊也來問她，妳小的時候去了哪？怎麼現在才回來？

她含糊其辭地解釋，陰錯陽差地去了釜山，在別人家做了幾年幫傭[258]。她說不出自己被抓去滿州的事。

天黑以後，她瞞著大嫂跑到母親墳前以淚洗面。她死也不肯去河邊，好像去了那裡，會遇到去撿螺螄、十三歲的自己。

早已出嫁的表親回來探親時，順便來探望她。跟她同歲的表親已經有三個孩子了。

表親一邊哄著背上的孩子，一邊問：「聽說妳一直在做幫傭，一定賺了不少錢吧？」

「賺的錢都買了新衣、新鞋。」[259]

表親把背上的孩子抱在懷裡，解開襯衫扣子，餵起了奶。

她在這個曾經恨不得死後變成鬼魂也要回來的家裡，徹底成了一個多餘的外人。哥哥在碾米廠打零工，勉強養活一家人。因為沒有食物，大嫂只好用大麥熬成稀粥給全家人果腹。哥哥無法直視她的臉。她離家後出生的妹妹也回來過一趟，但妹妹也只是呆呆望著站在柿子樹下的她。已經出嫁的兩個妹妹說要來看她，但始終未曾露面。

她在醬缸周圍晃來晃去，撫摸著母親放過三碗水祈禱的醬缸。

她再也沒去過河邊。

有一天，她看到村裡的男人把一條大黃狗拉到河邊，狗用那雙充滿血絲的眼睛直勾勾地望著她。那次去部隊出差經過中國人的村子時，撕咬少女屍體的也是一條大黃狗。

一股燒狗的腥味從河邊吹來，腥味裡摻雜著東淑姐被燒焦時的氣味。

從對岸娘家回來的大嫂對她說：「河面結了薄冰。」

她抬頭眺望，只見一輛黑色貨車停在岸邊。載著五、六名少女的車也是黑色的貨車。十二年前，她如飛翔的鳥一樣墜落在少女們面前。

「那輛貨車為什麼停在那裡？」

「貨車？那裡只有一頭牛啊。」

「牛？」

「那是山溝裡德壽大叔家的牛。」

她把牛看成了貨車。她走進廚房，拿起鋤頭和籮筐走出來。

「妳要去挖什麼？」大嫂問。

「薺菜。」她回答。

「冬天都沒長薺菜，現在會有嗎？」

她踩著稻穀殼走進田地，用鋤頭在地上寫了一個地字，抬頭仰望天空。

薺菜破土而出時，她離開了老家。家裡多一張嘴，等於是給哥哥增添一份負擔。剛好在晉州有錢人家做幫傭的表親回來時，把她介紹給了晉州的銀行員。[260]

在鎮上遇到的嬸嬸問她：「妳要去哪兒？」

「去做幫傭。」

「妳是想一輩子做幫傭做到老死嗎？女人總要嫁人，生兒育女過日子啊。」

雖然這次是她主動離開故鄉，卻像被人送去一個陌生的地方。臨行前，她穿著西裝裙，腳踩皮鞋，燙過的頭髮上戴著髮夾。

即使她活著回到了故鄉，卻沒能找回戶籍，她依舊是一個死人。家人也不急著幫她找回戶籍，而且這件事也急不來，就一拖再拖，遲遲沒有處理。[261]

*

哥哥應該知道她去了哪兒，因為他從未像其他親戚那樣催她快點嫁人，他只對十二年後回到老家，默默度過了秋冬，又準備離家去做幫傭的她說：

「妳能活著回來，就謝天謝地了。」[262]

哥哥過了八十歲生日後，死在山藥田裡。山藥田的主人發現屍體時，哥哥的臉埋在田埂裡，距離他約二十步的地方發現了農藥瓶。哥哥垂死前經歷一番痛苦，以至於每根手指的指甲裡都佈滿血痂。

一想到哥哥喝下農藥、痛苦掙扎時，四周的薺菜、山蒜和艾蒿正破土而出，她就覺得很不是滋味。

都活到了八十歲，就不能再多活一天嗎？但哥哥連一天都不想活。

哥哥沒跟大嫂提那件事，她不禁覺得哥哥是個非常狠心的人。

有一年，準備父親祭祀時，毫不知情的大嫂不經意提起了遠房表姐的事。

大嫂說，那個表姐被抓去做過慰安婦。

「家人見她冬天下大雪也不穿鞋到處亂跑，就把她送進了清涼里的精神病院。」[263]

大嫂說起她看到金學順在電視上哭。

「聽說那些去挺身隊的女人，都是去日本做生意的。」[264]

大嫂把慰安婦稱為挺身隊。

「生意？」

「就是賣身的生意啊。」

「如果真是那樣，她就不會在電視上哭了……」

「聽說妓女也都去賺錢了呢！」

在滿州慰安所偶爾會見到娼妓出身的少女，也有像香淑一樣是券番出身。

香淑以為自己要去的地方是酒館，她作夢也沒有想到那裡竟是每天要接待十個，甚至二十個軍人的地方。

「那些女人怎麼可能主動去那個人間地獄呢。」

「人間地獄？」

「十二歲的孩子能懂什麼？就傻傻地跟人家走了。」

「還有十二歲的孩子？」

在凍明太魚身上撒麵粉的大嫂瞪大眼睛。

「那麼小的孩子懂什麼……還不是那些大人慫恿她們有錢賺，就無知的跟去了。」

她怕大嫂察覺自己也去過慰安所，於是閉上嘴，再也沒多講一個字。

*

香淑有活著回家嗎？香淑的日本名字叫由里子，那是死去的基淑姐的日本名字。

基淑姐死後沒多久，哈哈便對歐都桑送來的香淑說：「從今天起，妳就叫由里子。」

哈哈就這樣把死去少女的名字傳給新來的少女，就像把死去少女的衣服扒下來，再套在活著的少女身上。

即使有不計其數的軍人出征後再也沒有回來或是傷殘，但經過少女身體的軍人依舊有增無減。福子姐躺在床上也能清楚知道日軍正從哪邊趕來。「東邊來了好多軍人。」話音剛落沒多久，日軍便從東邊蜂擁而至。

日軍不僅從南邊，也從東邊、北邊和西邊過來。日軍人數以成百上千的可怕速度增長時，少女們的人數卻只從三十二人增加到三十九人，僅增加了七人。

接待過七十多個軍人[265]的隔天一早，她提著裝滿保險套的鋁桶來到盥洗室，香淑一個人在洗保險套。她在距離香淑稍遠的地方坐下，那裡就像被亂刀劃傷一樣陣陣刺痛。雖然有尿意，卻尿不出一滴。她數了一下昨晚經過自己身體的軍人人數，數到六十八時就放棄了。

香淑看了她一眼，但她假裝沒看到。雖然香淑沒做過什麼對不起自己的事，但她還是刻意地疏遠香淑。因為每次看到香淑，她都會想起由里子這個日本名字，進而想起基淑姐。哈哈和日本軍人呼喊由里子時，她也覺得是在召喚死去的基淑姐。

她把鋁桶裡的保險套倒出來，香淑向她搭訕：「早上妳沒出來吃飯，睡過頭了吧？孝志留了一個罐頭，妳餓的話就拿去吃。」

孝志是偶爾來找香淑的日軍。

香淑洗完自己的保險套後，走到她身邊幫她洗起攤在面前的保險套。

「孝志說，日軍也很可憐。」

她無法理解一邊洗保險套，一邊同情日軍的香淑。

「日軍也跟我們一樣跟親人經歷生死離別，來到滿州。昨天我哭著說想念母親，孝志還要我活下去，無論如何都要活下去，回到有母親的朝鮮去……」

在滿州慰安所的七年，大約有三萬名日軍經過她的身體。但在這三萬名軍人當中，沒有一個人對她說過這樣的話。妳要活下去，無論如何都要活著回朝鮮。

*

她背對臥室窗戶坐著，手拿著一隻黑色摺疊手機，像是不知那個東西的用途似的摸了半天，然後翻開手機。手機畫面就像複寫紙一樣黑。她用拇指按下電源開關，伴隨著旋律，畫面亮了。

她以為自己忘了哥哥家的電話，仍下意識地用拇指用力按下數字鍵。但電話號碼還未按完，手機就不斷傳出簡訊提示音。一則、兩則、三則、四則，都是關機期間收到的簡訊。

她慌張地關掉手機電源，因為她總是接到不認識的人來電。除了哥哥和妹妹，她沒有告訴任何人自己的電話號碼，卻總有不認識的人打來。每次接到這些電話，她都會陷入極度的恐懼，就像躲起來卻被人發現。

一想到找回戶籍的事就覺得心煩。遺失三十年的戶籍，在領到身分證的那天晚上，她才放下心來，即使今晚死了也沒有任何問題了。沒有戶籍的屍體會有問題，因為不能隨便埋掉，也不能送去火葬場。

身分證上的出生年份和日期與實際不符。她出生一年後，父親才去辦出生登記。身分證上顯示她是十月出生，母親卻說她是農曆六月初一出生，而且醒來時，還看到了窗紙上蔓延開的晨光。

她很焦慮，因為想到一直沒有申報居住地遷移，說不定後來領的身分證早就被註銷了。

她再次感到世上只剩下自己一個人了[266]。她多希望能有一個女兒[267]。

在釜山當幫傭時，有一個青年追求過她。雖然看到男人還是會不寒而慄，但她心想，如果能生育，不如嫁給他一起過日子。她到婦產科做了檢查，醫生毫不隱瞞地告訴她，由於子宮有萎縮，恐怕無法生育了[268]。她無法說出自己曾去過滿州，只能瞞著青年離開了釜山。

月經在不到四十歲時就停了，[269]下體變得又重又腫，就像要掉下來，腰既彎不下也直不起來，連站著洗碗也覺得吃力，所以不得不辭去幫傭的工作。她煮過南瓜、熬過鯉魚，也喝過中藥，始終不見好轉。她聽說瓦片有效，於是找來碎瓦片熱敷小腹，但也只是當下略見起色。她看到電視上有人吵架或聽到槍聲都會嚇得發抖，立刻轉臺，連唱歌也覺得吵，不喜歡看熱鬧，什麼都不喜歡。[270]

聽聞慶山的河陽有一個能用熱敷醫治婦女病的地方，她去住了三個月，在暖炕房地上撒滿粗鹽，上面鋪一層鬆軟的松葉，最後鋪上麻袋。她躺在上面，從頭到腳又蓋上一層麻袋。為了把暖炕燒熱，老闆會燒一整天的柴火，等到晚上才讓裡面的人出來。她在裡面蒸了五天，身上的肉都快燒掉了，黃膿也一點一點的流了出來。

除了她，還有其他女人。她覺得其中一個女人跟自己一樣也當過慰安婦。家住蔚山的女人講起話來非但不使用慶尚道方言，說的首爾話裡還帶著江原道方言和日語。女人唉聲嘆氣地說，小時候去日本賺錢，落下一身病回來。在旁人眼裡，自己跟正常人沒什麼差別，但渾身上下沒有一處不難受的地方。

「我又沒有犯罪，但總覺得好像一直被人追趕。就算一個人待在家，心臟也撲通撲通直跳。每當這時，我就會喝一碗米酒，不知從何時開始，米酒成了晚飯。在天婦羅工廠上班的女人見我走在路上一直捶胸頓足，說我這是得了鬱火病。」

她在首爾二村洞的中藥鋪做幫傭時，常在店鋪打雜。有一次老先生閒來無事，幫她算過一次八字。老先生不僅會診脈，還會用觀察面相和算八字幫人開藥。老先生問了她的出生年月日和時間。她回答，陰曆六月初一，天剛亮的時候。當時，她已經五十多歲了。老先生說她是卯時生人，不懂變通，卻是一個真誠、有母愛的女性。哪怕是丈夫在外面有了私生子，也能像對自己的孩子一樣疼愛他。

她在心裡反問，既然是這樣，為什麼我連一個孩子也沒有呢？既然母愛是天生的，至少應該有一個孩子來享受這份母愛吧？難道有母愛和有兒女福是兩回事？對沒有兒女福的自己而言，母愛非但不是祝福，反而成了詛咒。

她懷過孕，在初經剛結束時。她不知道自己懷了孕，例行檢查時，軍醫給她打了一針，然後血塊就從胯下流了出來。

那血塊仍舊歷歷在目，那是人形的血塊。血塊從體內流出來時，子宮彷彿也一起掉了出來。

10

她去小超市買豆腐回來的路上，看到掛在排水糟上的洋蔥網。下垂的洋蔥網裡裝著一隻小貓。石板瓦屋頂下的排水槽裂開了，彷彿用手一碰就會像威化餅乾一樣碎掉。

短短半個月裡，她就見到六隻小貓被裝進洋蔥網，掛在半空。老人把十五段的小貓都抓走了。

這些小貓都是同一隻母貓生的嗎？洋蔥網裡的小貓是橘色的，前天在小巷裡遇到的小貓也是橘色的，她餵飼料和水的那隻貓，也是橘色的。

掛在排水槽上的洋蔥網垂得很低，只要她願意，就可以伸手把小貓從洋蔥網裡救出來。

但她連想都不敢想。

*

她的視線固定在餐桌對面的電視上，手裡的湯匙在砂鍋裡攪來攪去。晚餐是放了小豆腐塊的大醬湯和泡菜。

電視裡，一個非洲女孩在沒有火柴和打火機的情況下，利用石頭、樹枝和乾草生火。年僅十七歲的女孩已經是三個孩子的母親了。女孩家裡還住著一個與她相差四歲的妹妹。妹妹的眼睛腫得像糖球一樣大，她在放學回家的路上被五個叛軍抓進草叢輪姦，妹妹的身體嚴重受損，連腸子都露了出來。儘管做了四次手術，至今還是無法正常走路。

女孩娘家的村落裡，除了妹妹，還有十多人遭受了性暴力，甚至連孕婦也遭遇了這種不幸。當地政府軍與叛軍持續交戰了數十年，叛軍為了炫耀自己的勢力，經常突襲村落，強姦女性。

一個滿臉充滿恐懼的女孩站在門邊說：「我也不知道為什麼那些人會對我做出這種事。」

她感到既驚訝又神奇，那個與自己膚色不同的非洲女孩，說出了她想說、但始終沒能說出口的話。

畫面切換成非洲女孩正在讀書的畫面。她對那個夢想成為教師的女孩感同身受，因為女孩在放學回家路上遭遇的事，與慰安所少女們遭遇的毫無差別。

她很清楚戰爭有多可怕。她在釜山的澡堂做了整整四年的幫傭，在返鄉路上，韓戰爆發了。

每次回憶起韓戰，她都會想起那個死去的嬰兒。她被捲入漩渦般的難民隊伍，碰巧看到了婆媳二人走進荒地棄嬰。那兩個女人匆忙返回隊伍消失後，她才走進荒地，但嬰兒已經淒慘地死了。她抱起嬰兒，在荒地裡蹲坐了良久，懷裡的嬰兒彷彿很快就會醒來啼哭似的。她抱著嬰兒走出荒地，隨著難民隊伍繼續前行，直到看到南瓜田才清醒過來。南瓜田裡的南瓜像石磨那麼大，除此之外，到處都是中彈身亡的軍人。子彈穿透軍人的身體，鮮血四濺到南瓜上，南瓜看起來就像紅通通的豬肝。她知道不可能一直抱著嬰兒走下去，於是把嬰兒丟在了南瓜田裡。[271]

電視畫面突然黑了。臥室和簷廊的日光燈、廚房的燈泡同時熄滅，冰箱也停止了運轉。

瞬間發生了這一切。

她擔心身體也會這樣，所有機能在一瞬間停止運作。

她手握著湯匙，靜靜等在原地，直到雙耳熟悉了寂靜，雙眼適應了黑暗。

好像世界末日，卻不覺得如核桃殼般籠罩的黑暗有多可怕。小時候，她以為人類害怕的是黑暗、乾旱和洪水等天災人禍，但十三歲之後她發現最可怕的，其實是人類。

她從電視櫃的抽屜裡翻出一根白蠟燭和一盒火柴，緩慢地劃下一根火柴，點燃燭芯。看著懸掛在燭上微細晃動、僅有辣椒葉大小的火苗，彷彿是神賜予的最後一道光亮。

她擔心這最後一道光亮也會熄滅，於是小心翼翼地拿起蠟燭，照向餐桌和臥室的每一個角落，裝芝麻葉的保鮮盒、砂鍋、湯匙、透明的塑膠水杯、窗戶、衣櫃、鏡子和天花板。

當蠟燭照到電視附近時，她嚇了一跳。那張面具彷彿變成了人臉。

懸在燭芯上的火苗晃動著，升起縷縷黑煙。她手舉蠟燭盡量往前伸，照亮配電箱，借助光亮看到了開關、黑色的電線和儀表板。

果然是配電箱的開關跳電了，這種事已經發生不只一、兩次了。配電箱開關時不時會跳電，因為沒有規律，所以她很難提早應對準備。她對電一無所知，她出生時，村裡還沒有電。十三歲離開故鄉，村裡也沒有電。當她得知不光電線會通電，其他東西也通電時，便對電產生了畏懼。她逐一回想著會通電的東西，釘子、硬幣、金戒指、銀戒指、鐵鍋、湯匙、鐵鍋、鐵絲、筷子、水……人。

她跟查錶員反映過配電箱的問題，查錶員告訴她，配電箱年代已久，必須換一個新的。查錶員還說，萬一運氣不好，發生電線短路，搞不好整個房子都會燒成灰，最後還介紹給她了一個認識的專業電工。查錶員的親切令她備感負擔，她說要跟平澤的侄子再商量一下，婉言謝絕了。她覺得那個老人明明可以不更換整個配電箱，直接修好斷路器的開關。

配電箱下方放有一個在澡堂常見的小板凳，她雙腳踩在上面，踮起腳伸手打開電箱，手碰到了斷路器的開關。

*

她洗好碗後，又燒了一桶水，在水燒沸前關掉了瓦斯爐，接著用水瓢舀出，倒進紅色塑膠浴盆裡。

廚房的門鎖得很牢。

她脫下象牙色罩衫，疊得整整齊齊，放在飯鍋旁，接著把脫下的深綠色百褶裙也疊好放在罩衫上。她脫掉白襪子，又檢查了一下廚房的門有沒有鎖好，最後才脫掉肉色背心和寬鬆的嫘縈絲安全褲。她把雙手伸到背後解開胸罩，就像怕被人看到似的一手捂著胸，另一手脫下了內褲。

有時，即使身上穿著一層又一層的衣服，她還是會覺得自己一絲不掛，就像張開了雙腿，躺在冰冷的地上。

她踏入浴盆，抱膝坐下去，浴盆裡的水蕩漾了幾下，差點溢出盆外。所有感覺與身體融為了一體。

她用手舀起水，輪流潑在雙肩上。這水與滿州的水相比，簡直就是綢緞。在滿州慰安所時，她思念極了家鄉的水。她以為世上任何地方的水都是一樣的，但用滿州的水洗過的頭髮會硬得像木柴。[272]

她用稀釋的鹽水沖洗下體。從滿州回來幾十年了，下面還是經常癢得難受。有時走在路上，會癢到得跑進小巷裡抓癢[273]。在廚房洗米或在院子裡洗衣服時，一癢起來，也得立刻跑去廁所狠狠地抓撓一番。由於下手過重，內褲都沾了血，小便時就像被蜜蜂螫一樣，火辣辣的作痛[274]。到了晚上，必須用像烙鐵一樣熱的水燙一下，才睡得著。

那裡如果是手指，她早就砍斷了。

她用毛巾擦了擦下體，突然嚇得抖了一下。她誤把沾在陰毛上的小水珠看成了陰蝨。

雖然洗了澡，但她還是覺得自己髒。

金學順說，丈夫曾當著孩子的面，罵自己是「髒女人」。

她擦乾身上的水，換上新內衣。內衣都是白色的，她每天換一套內衣，

三、四天換一套外衣，也會用心修剪手指甲和腳趾甲，吃過飯一定會刷牙。因為不知道自己什麼時候會死在哪裡，也不知道會被什麼人發現。她希望死去的自己能保持清潔，不管第一個發現自己的人是誰，都希望那個人觸碰自己時，不會覺得髒。

如果可以，她希望死在這裡，在自己用過的傢俱和物品注目下，嚥下最後一口氣。

有多少人是在自己家裡結束一生的呢？小時候，她以為只有動物才會死在家以外的地方，但其實人和動物一樣。她的三個妹妹就不是死在家裡，一個死在醫院，另外兩個死在療養院。

她很想知道誰會第一個發現自己的屍體。會是平澤的侄子嗎？但她希望是素不相識的人發現自己。

午夜過後，電視播放了關於最後一名倖存者的節目。節目伴隨著哀傷的旋律展開，那是十多年前的節目了。當年站出來的二百三十八名倖存者，大部分相繼離世、只剩下四十多位時，電視臺連日播報著慰安婦的消息，還拍下剩餘倖存者的日常生活製作成特輯。

她住在義政府時，整天開著電視。即使手上在做貼項鍊標籤的代工，聽到與慰安婦有關的消息時，便會立刻抬頭，目不轉睛地盯著電視。她緊咬雙唇，聽電視裡的女人們作證，說明慰安所是怎樣的一個地方。電視裡的女人們說出了她不想對任何人講的話。

她從未錯過任何一集與那些人有關的影片，她很想知道，那些與自己有同樣遭遇的女人們都是如何生活的。

當她意識到只是重播時，略感失望。她很想知道那個人現在過得怎麼樣？跟誰住在一起？住在哪裡？行動方不方便？她在心底抱怨，為什麼深更半夜還要重播這種節目，但還是走到電視前坐了下來。

那個人也跟她一樣，一個人生活。鏡頭從地板開始拍攝了那個人的廚房和臥室，雖然房子很小，但一點也不窘迫。所有物品都擺在該有的位置上，客廳窗戶上的淡綠色窗簾輕輕擺動著。

那個人坐在褐色沙發上，如一幅畫般出現在螢幕上，她穿著芥末黃毛衣和灰色毛料褲子，腳上套著一雙綠色襪套。那個人的身材苗條，腰背也很挺直。像證件照一樣出現在畫面中的臉，五官端正，人中很長，看起來性格十分堅強。頭髮梳到後面，露出微圓的額頭，半白的頭髮自然又好看。

那個人說：「我喜歡花。」[275]

客廳的窗戶下並排擺放著一盆菊花和一盆蘭花，她就像撫摸孩子一樣撫摸著菊花，手觸摸到的菊花好像很怕癢，輕輕搖晃著。

「怎麼可能只喜歡花呢，我還喜歡看電視劇，喜歡貓和狗，也喜歡糯米糕、紅豆粥和咖啡。知道我為什麼喜歡這麼多東西嗎？因為我不想去想討厭的東西。」

那個人起身走到廚房，削起事先洗好的桃子。

「人不能空洞地活著。哪怕只活一天，也要有所依靠，那些花就是依靠。我幫花澆水，它們才不會枯死，等時機到了就會開花。哪怕只是為了幫它們澆水，我也得打起精神，勤快一些。」

雖然一個人生活，但那個人會按時吃飯。即使只準備一道菜，也會坐在餐桌前好好享用。

餐桌上擺著一小盆仙人掌。

「你們不覺得仙人掌的那些刺中間能開出花很神奇嗎？」

那盆仙人掌就像一碗倒過來的飯，正中央開出了一朵橘黃色的花，花的四周長滿了密密麻麻的白刺。

「這花讓我覺得很了不起，又很可憐……就跟我一樣……」

電視臺的女人坐在餐桌對面，看起來三十多歲。女人小心翼翼地問，為什麼沒有結婚？

「我從母親乾淨的身體出生，但去了那種地方後，整個身子都壞掉了，怎麼結婚啊？我總不能為了結婚，毀掉別人的一生吧？要是想結婚，就得隱瞞這件事，我怎麼能做那種事呢……這病很可怕，就算治好了，一到春秋之際還是會復發、癢癢的。」[276]

那個人用水果叉叉了一塊桃子，送進嘴裡。

「桃子真甜，妳別只顧著問，也嚐嚐吧。」

那個人一輩子靠開餐廳維生。

「沒有人知道我當過慰安婦。等我申報、上了電視後，身邊的人才知道這件事，之前誰也不知道。消息一傳出去，大家都很吃驚，便開始疏遠我了。日子跟從前不一樣了，所以我也關了餐廳[277]。只有那些知道我當過慰安婦，但還是願意跟我做朋友的人，才是真正的朋友。[278]」

那個人的興趣是讀書。她把鄰居搬走時丟掉的世界全集撿回家，翻了幾頁後，徹底沉迷其中。她連學校的操場都沒踏進去過，韓文是在三十歲那年自學的。

她走進一個小房間，拿著一本書走出來。

「書名是《復活》，蘇聯人寫的小說。我已經讀過六遍了。」

她走到褐色沙發坐下，拿起放在小桌子上的老花眼鏡戴上，細聲細語地朗讀起來：「即使幾十萬人聚集於此，費盡心思要把這塊巴掌大的土地變成不毛之地；即使在地上鋪滿石頭，不讓任何生命生長；即使拔去長出嫩芽的野草；即使用黑炭和石油燒焦土地；即使砍伐樹木，趕走所有的鳥和動物，但春天……依舊會到來。在溫暖的陽光下，凡是沒有連根拔起的萬物都會復甦……從縫隙間長出嫩綠的新芽。忙於搭建鳥巢的烏鴉、麻雀和鴿子快樂地迎接春天的到來……」

那個人把目光從書移向女人。

「即使幾十萬人努力想把巴掌大的土地變成不毛之地，但等到冬去春來，嫩芽破土，鳥兒蜂擁而至，會是多麼迷人啊。最初讀到這段時，我不知道哭了多久，我以前不怎麼掉眼淚的……」

她朝女人笑了笑，接著讀：「這是神為萬物的幸福創造的世界之美……」

到了晚上，她便成了孤身一人。她鑽進滿是紫紅色花紋的被子，床頭燈開著，彷彿在等待著誰。沒有人走到那個人身邊，就像也沒有人會來到她的身邊躺下。

*

她在鋪被子前，先用抹布仔細擦了地板。她原本打算鑽進被窩，但又轉身來到簷廊，在拉門前曲膝而坐，拉門上的磨砂玻璃微微顫抖著。

她拉開拉門，一股冷風像急性子的孩子般撲進了她懷裡。她伸手拎起簷廊下的鞋子，像藏寶貝似的放在垃圾桶後面。她心想，如果那隻貓看不到鞋子，就不會叼來喜鵲屍體了。

她鑽進被窩，但始終睡不著。拒絕領養裁縫店的狗讓她很在意。她很擔心，不知道那個女人會怎麼處置那隻又老又病、再也不生小狗的狗。她覺得一個人可以掌握一隻狗的命運，是一件很不妥當的事。

*

她藏好鞋子，進入夢鄉。貓什麼也沒叼來。沒有人來找過她，平澤的侄子、查電錶和水錶的人也沒有來，這反倒讓她不安了起來。

11

她在廚房洗碗時，以為平澤的侄子來了，急匆匆地走到院子裡。但看見的是一個跟平澤的侄子年齡相仿的男人，穿著藍色夾克和深灰色西裝褲，腳上的黑皮鞋擦得格外油亮，手裡還拿著一本像帳本的筆記本。他介紹自己是洞事務所的職員。

男人解釋，洞事務所正在針對十五段一帶實際居住的居民進行調查。

「實際居住的居民？」

「不是假裝住在這裡的人，而是實際住在這裡的人。」

她一時沒能理解男人的意思。有人假裝住在這裡？怎麼假裝？

「有些人為了拿到入住新屋和購屋權，只辦了遷移登記，卻不住這裡，我們都要頭痛死了。」

幾天前，她從裁縫店的女人那裡聽到奇怪的傳聞。據說由於市政府和區公所針對十五段的拆遷方式未能達成協議，開發案被取消了。持有土地的居民見整整拖了七年的開發案一夕之間化為泡影後，成立了自救會，嘗試推動民營開發。她擔心平澤的侄子會受到影響，已經好幾晚沒睡好了。

男人左顧右盼地環顧一圈，問道：「您一個人住在這裡嗎？」

「不……侄子住在這裡。」

她按照平澤的侄子百般叮囑的那樣回答男人。

「侄子？」

「侄子夫妻住在這裡……我不住在這裡。」

她擺了擺手。按照平澤的侄子教的，說他們去了女兒家。出嫁的女兒住在中國上海，他們去探望女兒、也順便去旅遊。房子不能空著，所以她來替他們看家。她意識到自己在說謊，所以不敢直視男人的眼睛。

「因為房子不能一直空著……」

「那您住在哪裡？」

「釜山……」她慌張之中，隨口說了一句。

「釜山？釜山哪裡？我老婆家也住釜山，我對那裡多少了解一點。」

「……住在釜山。」

「釜山那麼大，您住釜山哪裡？」

「展覽館附近……」
她陰差陽錯跑到釜山做幫傭的那個澡堂，就在展覽館附近。
「啊，展覽館啊！我們坐車經過幾次那裡，我老婆家也離展覽館不遠呢……您侄子一家人什麼時候回來啊？」
「什麼時候……？」
「您不是說他們去看女兒了，不會長住在那裡吧？」
「嗯……半個月後。」
男人翻開像帳本一樣的筆記本，在上面寫著。
「你在寫什麼？」
「沒什麼。」
「……嗯？」
「等他們回來後，您就會回去釜山了嗎？」
「……對。」
她關上大門，準備往廚房走，突然停下腳，用新奇的眼神環顧起了房子。雖然這不是她的房子，卻是她住的房子。雖然這不是她出生的家，但說不定會是她迎接死亡的家。
她像清洗自己的身體一樣早晚清掃、照顧著這個家。她格外小心地不在房子裡留下自己生活過的痕跡，連一根釘子也沒有釘在牆上。

*

她心想，洞事務所的人說不定還會來，連院子也不敢去了。她把鞋子拿進屋裡，簷廊的拉門也關得很緊，偽裝成家裡沒有人的樣子。

她不放心的是，平澤的侄子已經一個月沒來了，該不會出了什麼事吧？如果侄子拿不到入住權，就沒有理由續簽全租合約了。自己是不是應該去找其他地方住呢？如果是這樣，那就需要身分證。

搬來義政府前，她在水原市租了一間全租三千萬元的房子。那棟大樓除了她，還住著六戶人家。由於房東把整棟大樓抵押給銀行後潛逃了，有幾戶房子遭到拍賣。令她大受打擊的是，本以為能收回全租金，沒想到只有自己被排除在拍賣貸款償還對象以外。那些跟自己處境相同的房客都急著收回自己的全租金，所有沒有人向她提供任何訊息。她覺得如果自己不是一個獨居的老女人，鄰居也不會如此輕視自己。她躡手躡腳地過日子，但人們還是發現了她是一個沒有丈夫、沒有子女、孤身一人的女人。

如果說她有什麼心願的話，那就是不受人輕視地活著。不給別人添任何麻煩，安靜地活著，然後死去。279

她關上衣櫃的抽屜，轉過身來，手裡拿著一個黑色長夾。她拉開長夾拉鍊，把裡面的東西一一拿出來，像在展示似的擺了一地——新農村金庫的存摺、木製印章、身分證、用黃色橡皮筋捲的一捆萬元鈔票和玉戒指。

她像在看無人認領的失物一樣，逐一掃視地上的東西。

她拿起存摺，翻開第一頁、第二頁、第三頁和第四頁。神奇的是，自己一生的儲蓄都在這個小本子裡。想到自己能依靠的只有這本存摺裡的錢，她既悲傷又難過。

她知道存摺裡有多少錢，仍再三確認著兩千多萬的餘額。如果能收回在水原租房的那三千萬，如果能要回妹妹借的錢，她也不至於如此茫然了。妹妹們缺錢急用時都會來找她，因為知道她一直在做幫傭，又形單影隻，一定存了不少錢。但妹妹們不知道那些錢是她損失了利息、解約的定存，更不知道那些錢是她省吃儉用，連冬天都捨不得買一件像樣的外套、買一次保溼面霜的錢。

六十歲後，沒有人家僱用她了，連餐廳也不僱用年過半百的人了。於是她開始做家庭代工，幫項鍊貼標籤。整天蹲坐在地上貼標籤，讓她不但經常消化不良，連手指都動彈不得。

她知道死前是花不完這些錢的，但還是很省吃儉用。因為不知道能活到什麼時候，活著就需要錢。如果哪天平澤的侄子突然把這間房子解約，她就得出去租房子。

每當做過慰安婦的女人出現在電視上，她都很好奇她們是怎麼生活的。但看到她們的生活，心裡又難受得睡不著。有的人什麼苦活都做過，卻連一個像樣的全租屋都租不起[280]；有的人只能靠政府發放的生活補助金維持生活[281]；有的人靠做副業勉強餬口。[282]

很多做過慰安婦的女人都和她一樣在別人家做幫傭、在餐廳打工或做生意。還有很多人因為無法走出已棄之身的絕望感，淪落到賣身的處境。

她坐立難安，再也無法待在家裡，連午飯也沒吃就出門了。她擔心會遇到洞事務所的人，所以不敢隨便亂晃。

她走在小巷裡，看到一扇敞開的大門，可以看到丟棄的傢俱亂糟糟的堆放在院子裡。就算是空房子的大門敞開，她也無法視而不見，每次都會上前關門再走。

她朝大門走去，伸手握住鏽蝕的把手，用力拉上大門。伴隨著刺耳的聲響，大門關上了。但當她鬆開手時，大門又開了。她重新關上大門，因為擔心鬆開手，大門又會打開，於是握著把手一直站在原地。

之所以這樣做，是因為她相信房子存在靈魂。她覺得特有的氛圍、氣息和味道，就是房子的靈魂。有的靈魂明亮、有的靈魂寂寞、有的靈魂萎靡不振。

每次關上空房子的大門時，她都會有一種永遠離開住了一輩子家的感覺。

她鬆開大門把手，轉過身，聽到有人叫了她一聲「老奶奶」。她以為自己聽錯了，但還是轉頭看向聲音傳來的方向。

只見一個男人正在對她笑，仔細一看，原來是那個查錶員。

「老奶奶，您怎麼在這裡啊？」

「……」

「我問，您怎麼在這裡？」查錶員再問了一次，彷彿她出現在不該出現的地方。

「您找不到家了嗎？」

「家……？」

「家！」

「沒有……」她輕輕搖了搖頭。

「您家住在那邊。」查錶員指了指另一個方向。

「……那邊？」

「那邊！」

「……」

「怎麼？您想不起來了嗎？那我送您回家？」

她心想，連自己都不知道家在哪裡，查錶員又是怎麼知道的？

在小巷遇到查錶員後，她更像是在被人追趕，急匆匆地走出小巷。這時，突然有個東西掉在她面前。她抬頭望向天空，一隻鴿子盤旋在石板屋頂上空，剛剛掉在她面前的是鴿子蛋。她那雙凝視摔碎的蛋殼、流淌出來的蛋白和破裂的蛋黃猶如池塘一樣肅靜。這顆蛋是自己滾落的嗎？還是鴿子用嘴或腳推下來的呢？

*

她覺得洞事務所的人應該也去過裁縫店，想必裁縫店的女人知道事情的來龍去脈。

裁縫店的女人正抱著狗在吃泡菜煎餅。見她走進店裡，高興地打了聲招呼。雖然女人有糖尿病，卻從來不忌口，嘴巴沒閒過。

「洞事務所的人好像挨家挨戶的去了一遍……」

「洞事務所？」

「說在做調查……」

「調查什麼？」

「調查實際居住的居民……」

「我還以為您在說什麼呢。是啊，市政府和區公所一唱一和地說要搞開發，把在這裡住了幾十年的人都趕走了，結果又說出不起營運費用，最後要推動民營開發。真不知道這些人到底要幹什麼。」

激動的女人把狗放在地上。狗就像靜物一樣老老實實地趴在原地。她下意識地把手伸向那隻狗，一邊撫摸著，嘴裡發出像是夢話的碎念。

「可憐的小傢伙……」

「可憐？」女人立刻反問。

「這麼小的身軀，竟然生了五十隻小狗……」

「要說可憐，也是人可憐，狗有什麼好可憐的？」

「人……？」

「人多可憐啊！一輩子連個盡頭都沒有。我拚死拚活地賺錢把孩子拉拔大，還得為他們張羅婚事。可到頭來，誰能理解我這份苦心？等父母老了、病了，他們就把人直接送進養老院。」

就在這時，老人領著兒子走過小巷。女人凝視著拉門的門縫，喃喃自語：

「幾天前，不知道他為什麼事生氣，一直把腦袋往牆上撞。」

「誰啊？」

「那老頭的兒子。不管老頭怎麼勸阻，那孩子就是不聽，撞得都出血了。

那傻子要是使起蠻勁，簡直就是牛脾氣。別看老頭現在連去拉屎也要像連體嬰一樣把兒子帶在身邊，以前他可是遺棄過兒子呢。」

「遺棄兒子？」

「那是三十年前的事了……某天他喝得爛醉如泥，到處哭喊兒子走丟了。大家卻異口同聲地說，不是兒子走丟的，是被他丟掉的。他單身一人實在無力扶養孩子，就把兒子帶出去丟了，然後回來跟大家說謊……兒子走丟那天，有人看到他凌晨一大早帶著兒子出門。自己一個人過日子都不容易，更何況還要照顧一個有缺陷的兒子。哪那麼簡單。」

她心想，如果是自己，會相信老人的話嗎？還是也會懷疑他說謊、遺棄了兒子呢？

「那老頭跟一個比自己小十歲的女人在一起，他出門工作時，那女人把大小便不能自理的兒子拴在門把上，就跑了。她是想趁年輕改嫁吧。丈夫老了，兒子還是個傻子，所以想趁年輕給自己另尋出路……總之，兒子不見了大概三個月吧，第四個月時，老頭找到了兒子。但當時也眾說紛紜，有些人堅持說他是難以承受罪惡感，才把兒子找了回來，也有人說兒子是真的走丟了……」

「他真的會遺棄兒子嗎……」

「怎麼不會？遺棄了兒子後，才覺得內疚，把人找回來了……人什麼事幹不出來？」

「是啊，人……」她點了點頭。

把年僅十三歲的她抓去滿州的，也是人。

掛在灰色鐵門上的洋蔥網晃來晃去。很奇怪，如果裡面有小貓，不可能這麼輕易搖晃。她躊躇不前，最後還是走到鐵門前看了一眼洋蔥網。

洋蔥網是空的。

有人伸手把洋蔥網裡的小貓掏出來了。

是誰呢？誰把洋蔥網裡的小貓放生的？

*

首爾理髮店的女人說要免費幫她染髮，她不好意思拒絕，順從地在脖子上圍了一塊藍色圍布，坐在鏡子前。女人講電話時，她呆呆凝望鏡子裡的自己。理髮椅很高，她的雙腳懸空，從脖子到腳踝都被藍色圍布蓋住，她覺得自己變成了一隻鳥，一隻剝製成標本、懸掛在空中的鳥。

女人講完電話，端著裝有染髮劑的容器走到她身邊。

八十歲後，她便沒再染過髮了。雖說女人都希望自己看起來年輕一歲，她卻不想這樣。人人都想重返自己的少女時代，唯獨她只希望自己快點老去。

「美智子？」

「嗯……？」她睜開閉著的雙眼看向鏡子。

「誰是美智子？您一直在叫美智子、美智子。」

「……我嗎？」她瞪大眼睛望著鏡子裡的女人。

「您叫了五、六次呢。」

她毫無記憶。想到自己在睡夢中呼喊美智子這個名字，她瞬間寒毛直豎。

「美智子是誰啊？您剛才就像在呼喊出嫁的女兒。」

首爾理髮店的女人一邊塗抹染髮劑，一邊用懷疑的眼神看著鏡子裡的她。

「很久以前認識的女人……」她勉強嘟囔了一句，瞳孔卻在搖晃。

「很久以前？」

「七十多年前……」

「七十多年前，那是什麼時候啊？」

「她得了不治之症，年紀輕輕就死了……」

哈哈對一臉茫然，不知道陪軍人睡覺是什麼意思的她說：「從今天起，妳就叫美智子。」

她洗完頭，又坐回鏡子前，像泡過墨水的黑髮和乾瘦得如風乾橘皮般的臉，一點也不協調。

她很想埋怨拚命勸說自己染髮的女人，又覺得她很可憐。女人自從做了乳癌手術後，經常要坐一個多小時的地鐵到大學醫院接受定期檢查和治療，但她還是要接待染髮和燙髮的客人。女人似乎是想告訴所有人，生活就是這麼一件可怕和令人厭惡的事。住在十五段的熟客都不忘來找她染髮或燙髮，但似乎也有一個客人都沒有的時候。

女人重新幫她圍好圍布，拿起剪刀。

「我幫您修一下邊。」

她還沒來得及回答，女人就剪了下去。

女人說只修一下邊，結果後頸變得光禿禿的，她望著鏡子裡哭喪的臉。在滿州慰安所時，她就留著跟鏡子裡一樣的短髮。

她趁女人去上廁所時把五千元放在桌上，走出理髮店。

*

不知道小超市的男人去哪了，店裡只有女人一個人。女人頭朝門檻的方向，躺在那裡看著電視，披頭散髮地很像假髮。電視裡傳出誇張的嬉笑和歡呼聲。

她扯下一個掛在牆上的黑色塑膠袋，把雞蛋放進袋子裡。她突然很害怕，如果有一天自己的肉身衰竭到連一顆雞蛋都拿不動了，該怎麼辦？她只想活到能靠一己之力洗澡、吃飯和穿衣的那一天為止。

「十顆雞蛋。」

她從錢包取出三張千元紙鈔放在女人的枕頭上。女人把手伸向收銀機，摸了半天硬幣，然後抓起五、六個百元硬幣往門檻的方向一丟。硬幣滾得到處都是，其中一個滾到女人的頭髮下面。

她把伸向女人頭髮的手收了回來，只撿起能看到的幾個硬幣，就走出小超市。

她提著裝有十顆雞蛋的黑色塑膠袋沿著小巷往上坡走去，走到一戶韓屋門前停下腳步，大口喘著氣。

有一次，她幫這戶人家關過大門。

她確認四下無人，然後推開大門走了進去。她環顧著雜草叢生的院子，在積滿灰塵的簷廊邊坐下。呆呆地坐了一會，然後打開黑色塑膠袋，取出一顆蛋放在簷廊一角，又取出一顆放在那顆蛋旁邊，最後又取出一顆放在那兩顆蛋旁邊。

她就像偷偷溜進院子下蛋的母雞，把那三顆蛋整整齊齊地放在簷廊上，走出了韓屋。

簷廊留下了她停留過的痕跡，就像橡皮擦痕。

*

她在陰暗的小巷裡看到一隻死掉的小貓。小貓趴在水泥地上，像一塊嚼到沒有甜味後、吐在地上的口香糖。不知道牠是病死還是餓死的。那隻小貓的毛，偏偏也是橘色的。

她就像對洋蔥網裡的小貓一樣視而不見，漠不關心地從死掉的小貓身邊走過。一直走到巷尾，突然又像迴力鏢似的轉身回來。她蹲在小貓身邊，放下裝蛋的塑膠袋，從裙子口袋裡掏出手帕。那是一張一角繡有紫色勿忘草的白色棉手帕。她把那張幾年前生平第一次花錢買的、至今仍捨不得拿來擦鼻涕的手帕，蓋在小貓身上。

雖然不知道神是否存在，但她還是想祈禱，希望神能把小貓帶去一個好地方。

她不在家時才出生的三妹，不管發生什麼事都會向神祈禱。從希望孫子的成績優秀，到希望菸鬼丈夫能戒菸。

如果要向神祈禱，她只希望神能把十三歲時的自己送回故鄉的河邊。

當看到人類成功登上月球的新聞時，她不禁在心底冷笑。既然科學已經發達到能把人類送去月球，那為什麼不能把自己送回故鄉的河邊？
故鄉的那條河，竟成為比月球更遙遠的地方。

*

她失魂落魄地穿過小巷，走到老人的住處。越過坍塌的圍牆，可以清楚看到老人正背對圍牆、蹲坐在院子裡，面前攤放著一堆廢棄的電線，院子裡到處都是。電線的粗細不等，有的像蚯蚓一樣細，有的卻像鰻魚一樣粗。

老人正在抽電線裡的銅。他用水果刀剝開電線表皮，抽出裡面的銅，這工作看起來一點也不簡單。老人得先用左腳踩住電線，再用刀子像剝開鰻魚的肚子一樣，將電線劃開一條長長的刀痕，才能從裡面抽出銅。

老人把抽出的銅放進袋子裡，剩餘的電線皮隨手丟在一旁，接著再從面前那堆電線裡抽出一根放在腳邊。老人是走進一間間空屋，摸索牆壁找到電線後，砸碎牆壁、拉出電線，再把電線裝進袋子拖回家，最後剝去表皮抽出銅……為了得到這些銅，他真是吃了不少苦頭。

她轉身打算離開時，發現老人的兒子正咧著大嘴朝她笑。她嚇了一跳，急匆匆地邁開腳步，背對著圍牆快步往前走，但覺得有些不對勁，回頭看了一眼。只見老人的兒子一直跟在身後，呵呵直笑。

「你認識我？」

這是她想問神的問題。

假設蜂窩裡有一萬隻蜜蜂，神會認得每一隻蜜蜂嗎？神會記得每一隻嗎？

她覺得即使神認出蜂窩裡的每一隻蜜蜂，也未必認識自己。

「你……你認識我嗎？」

老人的兒子點點頭。

她對神感到心灰意冷，轉身走掉。

12

潮濕的風吹過，吹亂了她的頭髮。一股刺鼻的染髮劑味道撲鼻而來，後頸涼颼颼的。她一個人走在小巷裡，突然擔心起老人的兒子有沒有順利回家。

如果老人死了，他的兒子怎麼辦呢？誰幫他做飯、穿衣、洗澡呢？

*

母親病危。

母親過世了。

芬善收到家裡間隔一個月打來的兩封電報，但她再也沒有打電報回家。

芬善是在跟母親一起摘棉花時，被日本憲兵強行抓走的。當年，她十四歲。

「你們要想帶走我的孩子，就先把我殺了。」[283]

憲兵們見母親緊緊抓著芬善不肯放手，一隻接一隻的軍靴踹在她的肚子上。芬善始終沒有忘記母親慘叫著在棉花地裡打滾的樣子。

春熙姐醒來後，找起自己發瘋期間離開慰安所的少女。

「怎麼沒看到芬善？」

「她回家了，母親過世了。」鳳愛回答。

「怎麼也沒見到海琴？」

「海琴去絲綢廠織綢緞去了。」福子姐說。

見哈哈拖著木屐喀達喀達走來，春熙姐像念咒語似的嘟囔：「妳必遭天譴！」

她十七歲時做了一個掉牙的夢。在夢裡，她的門牙突然掉了，但沒有出血。她嚇得驚醒過來時，老上尉就睡在旁邊。

「那是家裡有人死了的夢。」

躺在房間裡也能知道軍人從哪個方向來的福子姐，會幫少女們解夢。

「誰啊？」

「這個嘛……」

二十六歲的福子姐連一顆牙齒也不剩了。

爺爺、奶奶在她還沒出生前就去世了，父親說，奶奶是因為沒辦法吃東西餓死的。

雖然少女們都希望能在夢裡與父母和兄弟姐妹見上一面，但她們也害怕真的做那種夢。她們覺得如果父母或兄弟姐妹出現在夢裡，一定是不祥之兆，有人生病或死了。

她哭著走進香淑的房間，只見香淑坐在那裡，面前放著一碗染髮劑。香淑正打算喝下染髮劑尋死。

「想起我媽的臉就喝不下去了。我媽說，這世上最大的不孝就是白髮人送黑髮人。算上我，我媽總共生了九個孩子，結果死了四個。兩個剛出生就夭折了，一個剛滿兩歲就死了……我有一個大我三歲的哥哥，他為了當巡警，去學柔道。他白天替人拉車，晚上學柔道，最後卻得傷寒死了。哥哥說，與其做朝鮮人，還不如當日本人的狗，因為日本人會給養的狗飯吃，卻只給朝鮮人豆渣餅。如果哥哥當了巡警，我就不會被抓來這裡了。那些巡警才不會把自己的女兒、姐姐送到這種地方來。」

儘管慰安所裡沒有鐘錶和日曆，但臨近中秋時，思念成疾的少女們還是很想家。

＊

連下了四天的雨終於停了。偏遠地區的部隊派來軍用卡車，鳳愛、順德、美玉姐、英順、漢玉姐和她，總共六人上了那輛軍用卡車。這是鳳愛第一次去部隊出差，原本要去的是香淑，但她手臂斷了，所以換成鳳愛。

不知從哪天開始，再也沒看到孝志來。香淑四處打探孝志的下落，始終沒有任何消息。少女們都說孝志戰死了。日軍見香淑在哭，火冒三丈地罵朝鮮屄不接待軍人，只會在那裡哭哭啼啼的，實在晦氣。但香淑還是哭個不停，日軍一氣之下就把她的手臂扭斷了。

下過雨的地泥濘不堪，每當軍用卡車的輪子滾動時，大如牛糞的泥巴便會濺到少女們臉上。行駛了半天後，終於抵達河岸，一艘木屐形狀的木舟停在河口等待少女們。連續四天的降雨使得河水暴漲，少女們看到泛黃的河水，既害怕，又不禁振作了精神。

少女們下了軍用卡車，搭上木舟。大家都坐好後，一個沒有一根頭髮，整張臉活像煮熟章魚似的中國男人划起船槳。打赤膊的中國男人被太陽晒得黝黑，就像塗了一身墨汁。

她暈船了，卻覺得異常平靜，希望這艘載著自己的木舟可以一直漂走。木舟快要抵達對岸時，少女們都一下子蒼老了許多。

臉又黃又腫，跟豆腐渣似的鳳愛嘆息：「村子……」

她迎著逆流吹來的風，瞇起眼睛看向鳳愛手指的方向。村子似乎很遠，又像近在咫尺。淡紅色籠罩著整個村子，虛幻得像夢境裡的場景。

「好像沒有人住。」

「不會吧……」

「一個人影也看不到。」

「大家都在睡覺吧。」

「我幾天前夢到回老家，但人都不在了，爸爸、媽媽、弟妹……我揹著死去的孩子回去了一趟……」

鳳愛緩緩站起身，突然跳進了河裡。她伸手想抓鳳愛的裙襬時，鳳愛已經沉入了河底。眼前的一切靜止後，少女們才反應過來，大家朝河水拚命呼喊鳳愛的名字，喊得喉頭都嘗到了血味，但始終沒看到鳳愛浮出水面。

日軍把槍口對準了激動的少女們，中國男人就像什麼事也沒發生似的看著少女們搖了搖頭，繼續划著槳，彷彿在說，無濟於事了。

少女們一連五天都在接待軍人，直到下體腫脹，骨盆變形。在返回的路上，當大家蜷縮著身體坐在木舟上、雙眼凹陷時，少女們看見了鳳愛。

「那……不是鳳愛嗎？」漢玉姐說。

「哎呀，是鳳愛！」

鳳愛背靠在栽在河裡的樹幹上，臉露在水面上，她瞪大眼睛，像在等待少女們來接自己。由於喝了太多水，鳳愛的肚子鼓鼓的。

少女們拜託軍人把鳳愛拖上河岸。大家各自找來折斷的樹枝，堆出床的模樣，把鳳愛放在上面。順德哭著用手擦拭鳳愛臉上的水，沒有人害怕和忌諱鳳愛那張彷彿被老鼠咬過的臉。

軍人在鳳愛身上澆滿汽油，然後點了火，大火瞬間燒了起來。少女們望著被火勢包圍，燒得劈哩啪啦的鳳愛，上了軍用卡車。像螢火蟲一樣的火星不停濺到軍用卡車上，她覺得那是鳳愛的靈魂，於是伸手去抓。但每次要抓住的瞬間，火星便熄滅了。

她覺得鳳愛的死是自己的錯，如果手伸得快一點，如果抓住鳳愛的裙襬……

在慰安所，每當有少女死去，大家就會責怪自己。

*

她像往常一樣起床後打開電視。幸好沒有關於那個人的消息。那個人還活著。

疊毯子時，她深深嘆了一口氣。她忽然醒悟，不管是那個人先死，還是自己先死，或是不知身在何處的某個人先死，不管是誰，很快她們都會消失。

她伸腳去穿簷廊下的鞋子，突然身體晃了一下。喜鵲。那隻貓什麼時候來過？院子裡怎麼也看不見貓的影子。

她覺得那隻喜鵲還活著，就像那天被歐都桑從房間拖到田野裡的候楠姐一樣還有呼吸，她伸出兩根手指慢慢放在喜鵲的翅膀上，喜鵲尚留有一絲餘溫。她雙手捧著喜鵲去找裁縫店的女人。如果是那個女人，一定能知道喜鵲是不是還活著。

裁縫店的女人正坐在電視前吃早飯，圓形小飯桌擺滿了裝有小菜的保鮮盒。電視的聲音大到整條小巷都可以聽到。女人正用手撕著烤黃花魚，察覺到有人來了，於是轉身看向她。

「那是什麼？」

她膽怯地把喜鵲送到好奇的女人面前。

「哎呀，這不是喜鵲嗎？」女人嚇得差點暈過去。

「那個，妳幫我瞧瞧牠是不是還有呼吸……」

「我的天啊！您是一夜之間變成老糊塗了嗎？一大早從哪撿來的死喜鵲啊！」

女人搖了搖頭，蜷縮在縫紉機下的坐墊的狗站起身，衝著她大叫起來。

她覺得喜鵲尚有呼吸，不敢隨便丟掉，雙手捧著喜鵲走在陽光斜照的小巷裡，突然停下腳步，高高舉起那隻喜鵲。

喜鵲的羽毛在陽光下閃閃發亮，像滿州慰安所燒的煤球。

在滿州慰安所能夠閃閃發亮的，只有少女們的鮮血和煤球。

*

她一連九天都在吃過午飯後出門，心想或許會遇到那個女孩，所以一直徘徊在十五段的小巷裡，但始終沒有見到。她連作夢都在小巷徘徊。她知道女孩可能搬走了，但還是擔心她是不是出了什麼事。

她不知道為什麼自己一直放心不下那個連名字都不知道的女孩。她這輩子從未投靠過誰，也從未對誰產生過感情[284]，就連親姐妹間也沒什麼感情。或許是因為那個不能說的秘密，她每次跟姐妹見面都很不自在。幾年一次的家族聚會上，見到的侄子也跟陌生人一樣。她居無定所，所以也沒交任何朋友。

她在收到面具的小巷裡盲目地等待女孩，背靠在女孩坐過的矮牆下等了兩個多小時，始終沒見到女孩出現。她帶著今天也沒有遇到女孩的失望，有氣無力地走在小巷裡，垃圾堆進入了她的眼簾。

人們搬家時遺棄的破舊傢俱、電鍋、平底鍋、飯碗、羽毛球拍、成捆的童話書和玩偶都堆在那裡。其中，她誤把橡膠做的娃娃看成剛出生的嬰兒。

娃娃不知道自己被拋棄了，還用可愛無比的表情面對著世界。她撿起娃娃抱進懷裡，像大人一樣用手輕拍著娃娃。

「孩子，你的父母去哪了？」[285]

「跟我一起生活吧。」[286]

對娃娃喃喃自語的她抬起頭，發現女孩站在面前。

女孩的視線落在娃娃身上。她好不容易見到了女孩，此時此刻卻想逃走。女孩穿著跟上次一模一樣的黃色洋裝。

「妳剛從學校回來嗎？」

她很想給女孩一個和藹的微笑，但面部肌肉僵住了，根本不受控制。

「妳住在哪裡？」

「……」

「妳幾歲了？」

「十二歲。」

女孩快要十三歲了，她不安起來。

「老奶奶幾歲了？」

「妳問我……」

女孩點了點頭。

她感到一陣慌張，下意識地回答。

「十三歲……」

「十三歲？」

女孩的雙頰鼓得像青蛙的肚皮，猛地哈哈大笑。她放下娃娃，慌張地走出小巷，又放不下丟棄的娃娃，轉身走回小巷，但女孩和娃娃都不見了。

13

她一個人躺在那裡。

一個人的時間太久，她已記不清獨自躺了多少年月。

短髮將她送回了滿州慰安所的小房間，那個七十多年來一直努力逃開的地方。

＊

走廊傳來軍人的喧嘩聲。福子姐看著熙熙攘攘的軍人說：「他們都是大阪出身的軍人，大阪方言就跟慶尚道方言一樣吵。」

門突然開了，一個年輕矮小的軍人被推進來。軍人的神情恍惚，一臉忐忑不安。他把褲子脫到腳踝以下，又覺得脫得太低，拽回到膝蓋處。保險套套到一半時，軍人還偷瞄了一眼她的表情。

軍人揪住她的頭髮，像打樁似的粗暴地把自己的一部分插入她的體內，一下、兩下、三下，揪住她頭髮的手越來越用力。四下、五下，軍人的臉就像即將點燃的火柴頭一樣漲得通紅。

第一個軍人出去後，另一個軍人進來了。渾身的高粱酒味撲鼻而來。軍人邊笑邊脫下褲子。

她說：「你得戴保險套。」

軍人開始對著她，用日語破口大罵。

她急得快哭了，苦苦哀求：「我有病，你必須戴保險套。」

軍人喝得爛醉如泥，連站都站不穩，他露出像白鐵一樣閃閃發光的牙齒，一口咬在她的肩上。

第三個軍人身上沒有高粱酒味，取而代之的是一股惡臭，就連齒縫也散發著噁心的臭味。軍人見她把頭轉向一邊，硬是用手掰正她的頭。軍人那雙充滿狂氣的眼睛緊揪住她的眼神不放，但在他即將抵達高潮的瞬間，又像想抹掉她似的閉上了雙眼。

房間的門就像一顆牙根爛掉的臼齒，啪嗟啪嗟地晃動個不停。

第四個留著小鬍子的軍人在進入她體內時說：「妳有一股青蛙味。」

軍人身上散發著貓的氣味。

貓爬到了青蛙身上。

第五個軍人呼喊著日本女人的名字，豐子、榮子、宮子、花子……她以為那都是他姐姐們的名字。

「智惠子！」

「誰是智惠子？」她很害怕，用顫抖的聲音問。

「我二十歲時交往的女友。」

第六個軍人就像翻死青蛙般，把她的身體翻過去。軍人把臉埋在她的頭上，像游泳一樣不停蠕動。軍人離開時，還用穿著軍靴的腳踹了一下她的側腰。

第七個軍人剛進入她的身體就射了。軍人一臉委屈，像是別人找錯了零錢，慢吞吞地穿上軍褲，但穿到一半又撲向她。

房門就像快被拔下來了一樣關了又開，開了又關。

「快點、快點。」

第八個軍人問她：「妳哭什麼？」

但哭的人不是她，而是軍人。

「啊，我厭倦了哭泣的女人。我媽每天早上都在哭。」

第九個軍人抓了抓頭，畢恭畢敬地行完禮後，進入了她體內。

第十個軍人剛要進入她體內，便像被烙鐵燙傷一樣嚇了一跳。她卻不知道自己的身體是熱的，還是冷的。

留著像用毛筆畫的長鬍子、戴眼鏡的軍官進入她體內時嘆息：「妳這女人好像死了一樣。」

她剛發出呻吟，軍官又說：「不用努力了！」接著用雙手掐住她的脖子。「我也想跟死女人做一次！」軍官的雙手越來越用力，少女的臉逐漸變成紫色。

軍官在死掉的少女身上射出精液，走出房間，就像在灌了水泥的不毛之地上隨手撒了一把種子。

軍官走後，死掉的少女的肚子越來越大，死掉的少女夢到了動物。她的母親每次懷孕都會夢到動物，據說懷上她時夢到了兔子。像雪一樣白的兔子在山坡上奔跑，最後投進母親的懷抱。

是兔子。

死掉的少女喃喃自語，雖說是兔子，但尾巴太長了。

是貓。

要說是貓，後腿又太長了。

是矮鹿。

但牠只長了三條腿。

＊

她在人跡罕見的小巷裡，看到一個從沒見過的女人站在那裡哭。

女人手提黑色塑膠袋，不知道裡面裝著什麼，看上去大概五十歲，象牙色的棉褲下露出的腳踝腫得像樹瘤，燙得彎彎曲曲的頭髮猶如釋放熱電子的燈絲，不停擺動。

女人為什麼哭呢？

她覺得自己好像進入了女人體內，正躲在女人的身體裡哭泣。女人頭上的電線沒有停留任何一隻鳥。她覺得自己好像很久以前認識這個哭泣的女人。

女人離開後，她在女人哭泣的地方站了良久。

14

傍晚時分，小超市門前圍滿了人，還停了一輛警車，不知道出了什麼事。高瘦的警察正與一個穿夾克的男人交談，男人背對她，看不到他的臉。另一個體格健壯的警察正在跟某人講電話。

小超市的男人坐在店門口的椅子上，圍觀的女人們表情十分嚴肅，她在那些身穿居家服的女人當中看到了裁縫店的女人。其中一個女人伸手指了指小超市後方，似乎是在指某棟公寓的一戶人家。該不會是誰家遭小偷了？她想知道到底發生了什麼事，於是躲在電線桿後探出了半邊臉。那個背對她的男人突然轉身，望向她所在之處。她趕快躲到電線桿後面。正如她預料的，那個男人就是幾天前來過洞事務所的人。她心跳加速，雙腿抖個不停。

警察離開後，圍觀的女人們才甘願回家。洞事務所的人喝了一瓶飲料後，也大搖大擺地朝小巷走去。她見人都走了，才從電線桿後出來，走向小超市。

她小心翼翼地問正在門前掃地的男人：「出什麼事了？」

「您說什麼？」

「我看剛才門口停了一輛警車……」

「啊，警車。有幾個從中國偷渡來的女人住在那棟和平公寓裡。」

「女人……？」

「半夜有幾個沒見過的女人來買泡麵，我就覺得很奇怪。總之，凌晨亂成了一團。您可能睡得太熟，才什麼都沒聽到吧。附近的人都跑出來看熱鬧了呢……」

「有幾個女人住在和平公寓裡？」

「嗯。」

「那裡好像沒人住啊……」

幾天前，她從和平公寓前經過，不覺得裡面有人，也沒留意。

「您要買什麼？」

她想不起來自己要買什麼，隨口說了一句：「豆腐……給我一塊豆腐。」

「又買豆腐？」

「嗯……？」

「昨天您不是買了一塊。您不要只吃豆腐，也買點肉吃，吃肉才有力氣啊。」

男人把豆腐裝進黑色塑膠袋，遞給她。

「那裡住了幾個女人啊？」

「應該有二十個吧。那些女人就像綁黃花魚似的，都被押上警車了。」

「警察會怎麼處置那些女人？」

「應該是遣返回國吧。」

「警察怎麼發現那些躲起來的女人的？」

「聽說最近在搞實際居住人口調查，洞事務所的人挨家挨戶走訪，所以才發現的吧。」

男人轉身走進屋裡，她看到男人攙扶妻子坐起來後，走出了小超市。連她都沒有發現那些女人，可見她們藏得多隱密。她偶爾會經過和平公寓，但從未聽過那裡傳出任何聲音，也沒有看過燈亮、聞到任何氣味。她抬頭望向和平公寓的方向，但被其他公寓擋住了。

那些女人真的會像小超市男人說的，都被遣返回國嗎？不知道為什麼，她覺得那些女人回不了家，她們應該會去其他能賺錢的地方，然後等老得連丈夫和孩子都認不出自己時，才能回去。

她步履蹣跚地走在小巷裡，來到那個不認識的女人哭泣的地方。她心想，那個女人應該就是躲在和平公寓的女人之一。

她總覺得接下來就會輪到自己，搞不好今晚洞事務所的人就會和警察一起找上門。

她打開手機電源，撥了平澤侄子的電話。訊號音剛響起，平澤侄子就接起了電話。

「侄子……我，是我。」

侄子聽出她的聲音，問她有什麼事。她告訴侄子，洞事務所的人來過了。

「為什麼洞事務所的人會去？」

「嗯，那個……」

她一時想不起實際居住人口調查一詞，開始支支吾吾。

「他們為什麼去啊？」

「他們說有人申報，但不住在這裡……說是調查……」

「調查？」

「嗯，看來很多人跟你一樣只申報，但不住在這裡……」

「您沒對洞事務所的人說什麼不該說的話吧？」

「不該說的話……？」

「如果洞事務所的人再來問東問西，您就說什麼都不知道。」

「……」

「總之，就說什麼都不知道。」

「嗯，知道了……」

侄子似乎已經知道十五段一帶的開發計畫化為泡影了。

「阿姨，您今年幾歲了？」

「……」

「我問您多大年紀了？」

「九十三……」

「都這麼高齡了？」

侄子顯得很吃驚，然後突然提起養老院的事。對於這意外的提議，她沒有任何回應。侄子說過兩天會去一趟，說完便掛斷了電話。

她覺得侄子從一開始就計畫好要送自己進養老院。也許侄子的計畫是等拿到入住權，全租到期後，就把她送進養老院。但她不想去養老院。雖然不知道自己還能活多久，但她希望能像現在這樣安靜地住在這裡，然後結束生命。

*

晚上九點的新聞終於播報了關於那個人的消息。幾天前，那個人因衰老生病、進了醫院，別說走動了，連食物都無法下嚥。電視畫面上出現了那個人躺在病床上的臉，她的雙頰消瘦，不禁讓人懷疑她是否就是之前在電視上說自己喜歡花的女人。

那個人躺在床上，慢慢睜開雙眼，凝視著虛空，一臉驚訝的表情。她像孩子自言自語般的嘟囔著嘴，迫切地想要表達什麼。

據她所知，那個人公開自己做過慰安婦後，積極地向世界揭露自己在慰安所的遭遇。她記得在報紙上看到那個人遠赴國外，身穿美麗的韓服，在眾人面前講述自己的經歷。

難道她現在還有沒說出口的事嗎？還是她又想起了什麼？

幾天前，她因為突然想起到偏遠地區的部隊出差的事，徹夜未眠。三個有說有笑的軍人看到她從廁所出來，招手示意她過來。其中一個軍人見她嚇得往後退，於是拔出腰間的配刀，做出割斷脖子的手勢。她猶豫地走過去，軍人一把將她拽進軍營後方的草叢。

一個軍人拿刀威脅她，另一個軍人輕聲安撫，還有一個軍人勸阻著那兩人。勸阻的軍人見另外兩人脫光了衣服，自己也跟著脫起來。等輪到自己時，他也慌慌張張地撲向了她。[287]

她想見那個人。雖然新聞說那個人已經認不出任何人了，但她覺得那個人一定能認出自己，認出自己是誰，更能知道自己為何而來。

她覺得應該在那個人離開人世前，告訴世人，這裡還有一個人。

她萌生了想要出面作證的想法，卻不知道該怎麼做。她不知道為什麼自己會這樣，直至今日，她隻字未提，四處隱居度日，為什麼偏偏老得快死了才要站出來呢？[288]

她打開電視櫃抽屜，取出裡面對折的白紙翻開，幾個筆跡清晰的大字就像受壓的彈簧一樣爭先恐後地彈了出來。

我也是受害者。

為了寫出這句話，她花了七十多年。

她想接著再寫些什麼，卻寫不出來，因為突然什麼都想不起來了。

如果可以，她希望掏出自己變了形的子宮來代替那些字句。

她想像著有一個人坐在自己面前，緩緩張開了嘴：「最初去的時候[289]，最初……我是怎麼被抓去滿州的……我沒有告訴任何人自己去過滿州，因為很丟人[290]……我從沒提過這件事，也不想回老家。家人都不在了，回去做什麼呢。有人申報說自己做過慰安婦，然後電視臺來拍，搞得鄰居都知道了。用政府提供的生活補助金蓋了房子，經常來往的鄰居就突然不相往來了。他們說那是靠賣身蓋的房子，髒死了。」[291]

她再也講不下去了。

任何話都難以說明自己的痛苦。292

15

那個人昏迷了二十多天。

已經認不出任何人的她拚命斷斷續續地說：「我不能死。如果我死了，就沒有人提這件事了……」[293]

那個人二十四小時戴著人工呼吸器。看到那個人靠人工呼吸器維持呼吸、努力說出自己是誰，她既欣慰又難過。像是護理師的女人眼神擔憂地站在床邊。

「我不是慰安婦。」[294]

「我是尹金實。」

「我是歷史的見證人尹金實。」[295]

女人見她呼吸苦難，趕快幫她戴上人工呼吸器。女人就像對待嬰兒那樣，小心翼翼地把她放倒在床上。女人在她耳邊說了什麼，然後取下她嘴上的人工呼吸器，再次扶起她。

她就像拍證件照一樣凝視著正前方。

「臨死前，我想幸福地活著。」296

＊

她坐在鏡子前輕輕地梳著頭髮，對著鏡子喃喃自語。

……我也想幸福地活著。

她幾乎活了一個世紀，才第一次萌生想要幸福地活著的念頭。

哪怕只活一天，我也想幸福地活著。

她把手伸向鏡子，撫摸著自己，卻像在撫摸陌生人。

二十歲前，她就覺得自己的人生已經毀了。297

＊

她在擦地板時，電視和日光燈又突然滅了。她從電視櫃抽屜裡取出蠟燭和火柴，用火柴點燃了蠟燭。燭芯燃起火花的瞬間，她想起那個在十五段遇到的女孩。那女孩的臉以近似閃電的速度、極短暫的從她腦海一閃而過，那一瞬間，就像是在為女孩祈禱。

她沒有去重開配電箱的開關，而是就著燭光，摸了好半天面具上封著的嘴巴。

她抽出指甲刀附帶的小刀，把刀尖對準面具封住的嘴巴，然後用刀尖劃出了一聲響。

她反覆地劃，劃了五十多下後，封住的嘴巴終於開了一個口。

她繼續不停地劃，破了的口一點點變大。直到那個口大到能伸出舌頭才停手。

她把面具戴在臉上。

我希望降生為女人……我希望重新降生為女人。

298

*

她整日坐在簷廊，心想或許洞事務所的人還會再來，她有話要對那個人講。

她垂著頭，打起瞌睡，但耳邊傳來敲門聲。她抬起頭，瞪大眼睛望向大門。

午後的陽光照進院子和簷廊，膝蓋上的面具也在陽光照耀下閃爍著奇異的光芒。她用小刀劃開的嘴巴也閃著光芒。

由於背光，她看不清突然把頭探進大門的男人的臉。她之所以認為是洞事務所的人，不是因為她正在等他，而是根本不會有人來，而且查錶員前天來過了。

「您開一下門。」

她吞了口口水，冷靜地說出自己想說的話：「我……我住這裡。」

「什麼？」男人的口氣很不耐煩。

「這個家……我住這裡……」

「我聽不清楚！」

「這個家，我……我住……這裡。」

「我說我聽不清楚！」

她沒有起身去開門的意思，也不想讓洞事務所的人進來。

「您開一下門！」

她就像一根被固定住的釘子，固執地坐在簷廊上。

男人用力拽了幾下大門。

她努力安撫自己那顆劇烈跳動的心，再次開口：

「我住在這房子裡。」

「阿姨！」

不是洞事務所的人，是平澤的侄子。

「您開一下大門。」

雖然她也不想讓平澤的侄子進來，但還是站了起來。放在大腿上的面具滑了下來，啪地一聲掉在腳下。

她無法朝大門邁開一步，直接又癱坐下來。蜷縮著身體的她用雙手緊抓著裙子。

「阿姨！阿姨！」

整個小巷都能聽到搖晃大門的聲音。

沒有人能把自己趕出這房子，不管是洞事務所的人還是平澤的侄子，哪怕是素未謀面的房東。

她總是想回家。即使身在家中，還是想回家。她總是戰戰兢兢，生怕自己永遠也回不了家[299]。哪怕是死了也希望靈魂能回去的那個老家，也未能成為她的歸所。但就在不久前，這個在居民登記上從未住過一天的房子，反而成了她想回去的家。

七十多年過去，她好不容易找到了想要依歸的家，她不想就這樣被趕出這個家。

平澤侄子見她不來開門，於是翻牆進入院子，大步走向坐在簷廊上、一動也不動的她，他的登山鞋一腳踩在面具上。

「阿姨！」侄子用雙手抓住她的肩膀，用力搖晃。

昨晚，她好不容易劃開嘴巴的面具，就這樣被平澤的侄子殘忍地踩碎了。

＊

去年秋天她走進一處空房，用手指捏起地上的一顆種子。她目不轉睛地凝視著那顆種子，直到產生了被吞噬的錯覺，彷彿那顆只有毛孔大小的種子，可以完美地藏起自己。

突然，她意識到自己被萬物包圍著，藍天、大地、空氣、光、風、水和種子……原來自己遠比想像得更加孤單。

她覺得自己徹底地一個人了。

她在電視上看到從宇宙拍攝的地球。雖然知道地球是圓的，卻不知道是怎樣的圓。是像南瓜一樣圓，還是像雞蛋、蘋果或小彈珠呢？她也很好奇地球是什麼顏色。電視畫面上的地球不只有一種顏色，而是像多種顏料混合在一起，白色、藍色、橙色和綠色。

她屏住呼吸，望著地球，下意識地走到電視機前。因為她沒有看到任何一棟房子、一個人，甚至是一隻飛翔的鳥。

她覺得地球就像一顆種子。這顆名為地球的種子孕育了水、大地、還有樹木。鳥兒在飛翔，兔子在吃草，田鼠在挖地，馬兒在奔跑，螞蟻列隊在移動……她心目中的地球既美好，也很醜陋。

雞冠花的種子也是如此嗎？還是說只有名為地球的種子，才會既美好又醜陋呢？

她對著那顆種子喃喃自語，這裡還有一個倖存者……

就像太空人在地球以外的地方觀察地球那樣，她也想在自己以外的地方觀察自己，這樣一來，或許她就可以像看到不一樣的地球那樣，看到不一樣的自己。

她聽說，只有以像光一樣的超速度，才能飛離地球。所以她覺得，唯有以產生比太空人飛離地球更快的速度，才能抵達自己以外的地方。

*

她走在小巷裡，忽然嚇得抖了好大一下。只見鐵門把手上纏著一個淡紅色的東西，就像一隻燒傷的手懸掛在把手上。她感到毛骨悚然，但還是走上前看了一眼。那是洋蔥網，但裡面沒有小貓。之前她在小巷裡看到的洋蔥網裡都裝著小貓。

她走到鐵門前，像是要把洋蔥網套在頭上似的把臉湊了過去。她還以為自己瞎了，才會沒看到裡面的小貓。

有人救出了洋蔥網裡的小貓，會是誰呢？

是誰呢？

16

她坐在衣櫃前，仔細查看裡面疊得整整齊齊的衣服，然後取出棕色的褶裙和粉紅針織衫放在地上，接著又從裝著滿滿襪子的籃子裡挑出一雙白棉襪。那件適合在春秋穿的粉紅針織衫是她最愛惜的衣服。

她吃力地扣好針織衫上的小花鈕釦，想起十三歲那年，第一天經過自己身體的軍人人數。

一共七人[300]。當時尚未來經的她，流了比初經來時還多的血。[301]

第七個經過她的軍人，是一個比父親還要年長的軍官。

她走出簷廊、來到院子，手裡提著裝有內衣盒的肉色包袱。那是她買給當年那個中國老人的內衣。

走出大門時，她猶豫了一下，因為今天是平澤侄子要來的日子。

平澤的侄子兩天前來過，再三叮囑她後天還會再來，所以不要去任何地方，老老實實地待在家裡。侄子還說，要帶她去一個地方。

「去哪……？」

「一個好地方。」

「好地方……？」

她想起在前往滿州的火車上愛順說的話。愛順說，以為他們要送我去一個「好地方」，去一個好的工廠賺錢。

「那裡會按時送飯，還會幫您洗澡。身體不舒服的話，護士還會幫您打針、給您吃藥。去了那裡還能多交幾個朋友，您就不會無聊了。只要按時吃飯，安心過日子就好。」

她搖頭表示拒絕，但侄子假裝沒看見。

「那裡什麼都有，您只要帶上貴重物品和要穿的衣服就可以了。」

侄子說的好地方再好，她也不想去。

以為是要去好地方的愛順，全身成了塗鴉本，被日軍用針和墨汁在她的肚子、陰阜和舌頭上刺青。[302]

在那裡，少女們的身體都不屬於自己。[303]

雖然她怨恨平澤的侄子，卻不想抱怨什麼。她不想怨恨和憎惡世上的任何一個人[304]，即便她始終無法原諒發生在自己身上的事。[305]

聽到那句話，就能原諒嗎？
那句連神也無法代替講出的話。

*

她走在陽光下，忍不住用手扶牆、喘著粗氣。已經傾斜、佈滿裂痕的矮牆成了她的支柱，最近，她經常突然感到體力不支。

院子裡不見老人的身影。滿院子堆積的電線、電線皮和銅線，比一個月前更雜亂無章。她看到一個裝滿生鏽鐵釘的瓢，那些鐵釘肯定也是老人從空房子裡撿回來的。

她把裝有內衣的包袱放在木瓢旁。等天冷了，老人會代替中國老人，穿上這套內衣。

她走在小巷裡，映入眼簾的都是倒塌的房子，不知道是自然倒塌還是人為。十五段有很多這樣的房子，甚至還有整棟房子都倒了，只剩下圍牆的。有一戶的房子和圍牆幾乎全部倒塌，但還剩下一個房間孤立在那裡，但房間沒有天花板，窗戶也都碎了。唯一的一扇門彷彿在提醒人們，這裡曾是一個房間。

若想在午飯前趕回家就必須加快腳步，但她怎麼也邁不動步伐了。

那個房間好像自己的子宮，孤零零的被放在倒塌的房子之上。

她站在原地，動也不動，耳邊傳來大門晃動的聲音，跟自己家大門搖晃時的聲音一樣。

*

會經過地鐵站、以十五段為終點的小巴每二十分鐘一班，十五段的居民都會搭小巴前往地鐵站。等小巴的人只有她和一個像高中生的男孩。男孩戴著耳機，垂頭盯著自己的腳，似乎對世上任何聲音都不感興趣。她站在距離男孩三、四步的地方，還是能感受到他內心爆發出來的不滿和叛逆。

在滿州慰安所，她只遇過一次朝鮮軍人。那個軍人的年紀應該和眼前的男學生相仿。她從金福姐那裡得知，佩戴圓圈裡寫著紅色「さ」字肩章的軍人，都是被抓來當志願兵的朝鮮人[306]。這樣的人不多，金福姐會叫來找自己的朝鮮軍人「哥哥」。金福姐說，哥哥來的時候，會一邊抽菸，一邊聊家鄉的事，有時還會哭。

老家在忠清北道堤川的朝鮮軍人撲在她身上時，她會伸手把掌心放在他的胸口。她的手指可以清楚感受到撲通撲通的心臟。她以為還會再見到其他朝鮮軍人，但那之後再也沒見到了。不知從何時起，經常來找金福姐的朝鮮軍人也不來了。少女們心知肚明，如果面熟的軍人再也沒有出現，就意味著他們已經戰死沙場。[307]

她環視著三條小巷交集的巴士終點站，無意間看到了喜鵲巢。只見在銀杏樹枝之間，懸著一個又黑又圓、像爛掉的竹籃的鳥巢。看樣子，應該是被喜鵲遺棄的巢。她心想，說不定那個鳥巢就是貓叼來送給自己的喜鵲建的。想到這裡，她浮現出一個問題。

是誰教那些喜鵲叼樹枝、飛上枝頭建鳥巢的呢？

想到第一個問題後，她又接連想到幾個問題。是誰教尚未睜開眼睛的小狗吸奶的？是誰教瓢蟲在樹葉上產卵的？是誰教母雞孵蛋的呢？

小巴從坡路開了上來，繞了一個大圈，停在她面前。

她無動於衷地望著從車上下來的人們，有人輕拍了一下她的肩膀。

「您要去哪？」

裁縫店的女人應該是從市場回來，手裡提著幾個黑色塑膠袋，其中一袋散發著魚腥味。

「我要去見一個人……」

「見誰啊？」

不知道是不是因為上次喜鵲的事，女人看她的眼神充滿了疑惑。

「必須見的人……」

「您去見誰？」女人不放棄的追根究底。

「一定要見的人……」

女人見她含糊不清，疑惑地搖了搖頭，半瞇著眼，開始打量起她的穿著。

「不知道您要去見誰，但這身打扮可真像新娘子啊。」

「什麼新娘子……」

「您該不會是要出遠門吧？」

「遠門……？」

「嗯。」

「不是，要去的地方不遠……」她一臉嚴肅，搖了搖頭。

「那您路上小心啊。坐車時一定仔細看號碼。要是不認識路，就問一下路人。」女人再三叮囑。

「好。」

「您還不上車嗎？」

她上了小巴，雖然車上有很多空位，但她還是走到最後一排坐下。小巴沿著剛才開上來的坡路行駛著，耀眼的陽光從車窗照射進來，晒得她眨了眨眼睛。一個名字像飛起的蝴蝶一樣，從她的腦海中一閃而過。

豐吉……

那是她十三歲被抓去滿州前，在老家的名字。從母親肚子裡出生時，她就有了豐吉這個名字。她以為那是如同四肢一樣絕對無法分割的名字。在老家，山羊和麻雀也都叫她豐吉。

豐吉！

耳邊彷彿傳來金福姐呼喊的聲音。她抬頭望了望車廂。

*

鳳愛跳河淹死了，但哈哈和歐都桑還是把少女們派去偏遠的部隊。有很長一段時間，滿州沒有下雨，河水比上次退了不少，成了混濁的泥水。

木舟抵達江邊的村子時，她看到一個女人站在被詭異的寂靜包圍、似乎沒有人住的村口。女人烏黑的長髮垂到腰間，呆呆站在那裡望著河水。她覺得那個女人就是鳳愛。

「鳳愛……」

聽到她喃喃自語，香淑抬起埋在膝間的頭，卻沒看到跳河消失的鳳愛，她用手指掏了掏耳朵，又把頭埋了回去。

「我好想回家，好想回家吃媽媽做的大麥飯和泡菜。[308]」君子低聲哽咽。

她想揮手，想在女人愈來愈遠之前揮一揮手。她站起來，就在她要朝女人揮手的瞬間，不知道是一腳踩空，還是被突然從背後吹來的風推了一把，她掉進了河裡。

她用力在像繩套一樣緊綁的水流中掙扎，她以為能碰觸到河底，於是伸直了腳，但那簡直就是萬丈深淵。像海苔一樣的東西緊緊纏住了她的腳踝，不停將她往下拽。突然間，伸手不見五指的河水變得清澈了，她看到一輛裝飾著各種鮮花的花柩，躺在花柩裡的人正是自己。她看到自己那張埋在鮮花裡的臉，胖嘟嘟的，就像剛吃飽母奶、睡著的嬰兒。

就在她覺得就這麼死了[309]的瞬間，聽到激昂的呼喊。

「抓到了！」

有人抓住了她的髮梢。

「豐吉、豐吉啊！」

「妳睜開眼睛。」

她躺在木舟上，少女們的臉映入她的視線。

「活了！」

「豐吉姐活過來了！」

英順開始嚎啕大哭。

「清醒了？」

金福姐啪啪打了她幾個耳光，她才意識到自己還活著。她仰望天空，失聲痛哭。

「不要哭。」金福姐扶她起身，用雙臂抱住她。一邊撫摸她的背，一邊說：「妳還沒死。既然沒死，就不要哭。」[310]

七十多年過去，她才明白當年金福姐囑咐自己要聽哈哈的話的意思。

金福姐是想告訴她，不要死，無論如何都要活下去。

*

她覺得去見那個人，就等於是去見金福姐、海琴、東淑姐、漢玉姐、候楠姐、基淑姐……如果見到那個人，該先說什麼呢？說想見她是想告訴她，我也去過滿州？

她終於踏上了去見那個人的路，這彷彿成為她盼望了一輩子的事。前天，她問首爾理髮店的女人要怎麼去醫院。巧的是，那個人住的醫院正是理髮店的女人定期檢查的大學醫院。她還以為那個人住在另一個城市，醫院也在另一個城市。她感到一陣空虛，完全沒想到，那個人就住在這麼近的地方。

她很想見那個人，但一想到要見面，又開始緊張害怕。

小巴停在藥局前，有五、六個人爭先恐後地上了車，坐到空位上，但她身邊的位置依然是空的。接著，一個像海琴一樣嬌小的漂亮女人牽著男孩上了車，她用手拍了拍身邊的位置示意女人這裡有空位。尋找空位的女人讓孩子坐在她身邊。男孩看起來很乖，他用調皮的眼神斜眼瞄了一下微笑的她。

她感到身體疲乏，想起了凌晨作的夢。夢裡，她拉著在十五段小巷裡遇到的女孩走到河邊。她讓女孩蹲在河邊，自己也蹲了下來，用手舀起河水幫女孩洗臉，髒水從女孩臉上流下。直到女孩的臉洗淨為止，她不停用手舀著河水。

不知不覺間，小巴在十字路口寬闊的大路上奔馳著，當她透過車窗望向世界，忽然察覺到，自己依然很害怕。[311]

十三歲的自己，依舊置身於滿州的小房間。[312]

作者的話

雖然我覺得總有一天自己會寫一本關於日軍慰安婦受害者的小說，卻遲遲沒有動筆。在決定以「一個人」為題目創作後，我一邊讀證言錄，一邊開始寫小說。我很害怕。每當聽到又有一位受害者離世的消息時，就會變得很焦慮。我很擔心小說的想像力會歪曲、誇大受害者的實際經歷，損害她們的人權，所以更加謹慎。

閱讀受害者的證言錄，讓我了解到這些受害者就安靜地生活在離我很近的地方。她們住在我度過青春期的地方、幾年前住過的社區，以及某一年去旅行的地方。我甚至覺得自己的奶奶或外婆也有可能是日軍慰安婦受害者，也覺得是她們代替了我的奶奶和外婆去了一趟地獄。

從一九三〇到一九四五年，多達二十萬女性被動員充當日軍慰安婦，其中僅有兩萬人活著返回故鄉。最終未能返回的女性不是身亡，就是被丟棄在語言不通、水土不服的異鄉。據記載，日本在發動戰爭的整個亞洲和太平洋群島都設有慰安所。

在這二十萬人中，甚至還有十一歲的孩子，平均年齡只有十六、七歲，很多人出生於貧困家庭，連正規的小學教育都沒有受過。很多人都以為是去工廠賺錢，或遭受綁架。她們就像被賣掉的家畜一樣被丟上卡車、船和火車，送往戰場。這些被稱作「朝鮮屄」的少女，每天至少要接待十多個日軍（還有證言稱，一天接待過五十多個軍人）。如果懷孕，還要接受連同胎兒一起摘除子宮的手術。因此大部分活著返回故鄉的少女都淪落成不孕之身。

「慰安婦」不僅給受害者本人，也在韓國女性歷史留下最可怕、荒謬和恥辱的創傷。普利摩．李維（Primo Levi）說過：「關於創傷的記憶，其本身就是一種創傷。」以一九九一年八月十四日，金學順奶奶的公開證言為起點，受害者的證言一直延續至今。如果沒有這些證言，我便無法寫出這本小說。

政府登載的日軍慰安婦受害者共計二百三十八名，寫初稿的那年，九位日軍慰安婦受害者在相隔很短的時間內相繼離世。在小說連載和潤稿過程中，又有六位受害者離開了我們。在寫〈作者的話〉的當下，倖存受害者僅有四十位。然而就在這種情況下，二〇一五年，韓國和日本兩國政府無視「承認事實和誠懇道歉」的訴求，只把受害者放在看熱鬧的旁觀者位置上，單方面的發表了「韓日慰安婦問題協議」。日本政府以提供十億日元援助金、成立基金會為前提，隱含式的要求韓國必須拆除少女像#。

就像受害者之一的勳奶奶說的，儘管她們經歷了「豬狗不如」的年代，仍沒有丟失身為人類的人格、尊嚴和勇氣。每次看到這樣的受害者，我都感嘆不已。

我懷抱著這些也是我的奶奶和外婆、為受害者們祈禱幸福的心，把這本尚有許多不足的小說，帶到了世間。

二〇一六年八月

金息

日軍慰安婦受害者的象徵。最早出現在韓國首爾的日本駐大韓民國大使館大門對面，其後擴展至世界多處的日本大使館外。

導讀與推薦

導讀／

銘記的歷史，歷史的銘記

朴惠京（文學評論家）

1

我們先試想一下，作者在這段顛覆人類能夠想像的殘酷現實面前，所感受到的混亂。小說能做什麼呢？我想作者最初打算寫這本小說時，可能也問了自己相同的問題。這是真實發生、任何人都不得不相信的歷史的一部分。儘管如此，在那難以置信與衡量的殘酷面前，任何小說都無法輕易踏入其中、直視痛苦記憶的瞬間。

作者會不會因為小說的無力而感到絕望呢？因為小說無法為那些在毛骨悚然的記憶中度過大半生的人們帶來一頓溫飽、一個家，一口自由的空氣。僅憑想像來敘述人生的小說，真能講述超越人類想像的歷史嗎？更何況，現存受害者正在與試圖否定、抹去歷史的勢力抗衡，並持續以自身的痛苦記憶作證，正因如此，對作者而言，以受害者悲慘的證言創作小說，無疑成為一件更加艱難、必須謹慎的事。

作者為什麼要把超越小說的歷史、顛覆人類想像的真實事件放進名為小說的容器裡？我覺得這是因為「一個人」。為了寫這篇解說，我收到原稿，看到白紙中央醒目的「一個人」，這漂浮在白色茫茫大海上的三個字，心難受的抽搐了一下。或許是因為「一個人」帶來的孤獨和莊嚴觸動了我的心。作者跟隨孤獨的「一個人」的蹤跡，唯一的、孤獨的留在世上的慰安婦奶奶……

2

如果「一個人」這個詞喚起了某種悲壯感，或許是因為它既包含了單一，同時又存在著整體的意義。「一」不僅是計算數量的詞，也具有著「相同」、「一致」的意思。如同英語「one」，也含有「一致（united）」的意思。從這點來看，小說中的「一個人」成了再也無法分開的單數名詞「個人（individual）」，也可看作不能劃分為同等個體的集合名詞。

無法分割的一個人，其中蘊含了不能被破壞、應以集體的名義來維護的個人，亦或把自己看成整體的個人，因此，沒有人能夠隨意破壞或奪走這「一個人」的崇高。作者為了講述在歷史之下遭受破壞、玷汙的個人的故事，從「一個人」展開了小說。小說最終只能是一個人的故事，所以它比其他任何類型都能深入個人的內心。

小說選定了被歷史抹去的「一個人」、埋沒在歷史中的「一個人」，並以小說的方式復原了「一個人」的內心，為了正當化這段殘酷歷史，與其對立的集體創造出各種虛構，以集體之名殘忍踐踏了個人人生的歷史，首先殘酷抹去的便是個人的內心。歷史不會記錄個人的內心，在眾多事件、人名、年份和數據中，個人在哪裡呢？個人所經歷的、不計其數的內心又去了哪裡？難道人的內心及內心所保留的記憶，不正是無法分割、最隱密、固有的歷史嗎？

一個人的內心世界，就是他的全部。只要還活著，只要內心的世界沒有消失，人的內心就不會被任何無情的歷史玷汙。當遭受嚴刑拷打、身體經受損壞的痛苦後，痛苦便會烙印在人的內心。因此人直到死的那一刻，也無法從歷史留下的痛苦記憶中解脫。

但人類能夠與世界抗衡的力量，也是來自內心。記憶是個人所擁有最有力的武器。慰安婦奶奶們在試圖否定、抹去自己的歷史中，唯一擁有、僅屬於自己的，便是記憶。那些看不見的記憶會在某一瞬間，藉助肉體的嘴巴開始訴說。這裡有「一個人」；沒有死，還活著的「一個人」；只要還活著，只要「一個人」還活著，慰安婦的歷史就不會結束。

抹去記憶，等於是抹去自己，抹去自己的歷史，抹去我和「我們」記憶裡蘊含的所有歷史。作者在小說開篇寫道：「時間流逝，倖存的日軍慰安婦受害者，只剩下最後一個人了。」這裡「只剩下最後一個人」的情境設定，不能只理解為作者想為後面的故事發展賦予戲劇張力的悲壯感。「只剩下最後一個人」，是抵抗肉體消亡的記憶，是對抗刪除歷史的個人，更是否定結局的開始。小說的開始正是這樣的時間點。

3

要寫一本關於親身遭受歷史迫害的倖存者的歷史小說，無疑會受到各種限制。更何況，慰安婦奶奶們的證言已經超越任何小說的想像，到了駭人聽聞的水準。為了把連想像都難以置信的歷史放入小說，作者首先要克服的難關，就是如何調節自己的想像介入慰安婦奶奶的證言的程度。

素材帶來的衝擊過於強烈，稍有不慎便會被素材本身的威力鎮壓，但也不能只停留在枯燥無味的敘述史實，或是相反的，像電影《鬼鄉》（귀향）那樣草率地加入和解和療癒的符號。這樣既無法吸引讀者，也會讓內容淪落為無法傳達奶奶們證言的效果。雖然《鬼鄉》作為第一部正式講述慰安婦奶奶故事的電影，獲得了大眾的關心和支持，但所謂的「第一部」也無法自動保障作品的

價值。不只電影，小說也是如此。

從這點意義來看，我覺得這本小說介於小說和紀錄片的中間地帶，做為敘事展開的戰略性據點，是一個明智的選擇。也許這個選擇是為了把歷史證言引入小說，以此將無數個「一個人」融匯進《最後一個人》的故事中。

在《最後一個人》的故事中，作者摘錄出慰安婦奶奶的證言，然後像縫補碎布一樣，把這些記憶的碎片拼湊在一起。作者似乎是想用「一個人」的記憶，將各自漂流在世上的故事完整地結合。看看作者在小說後標示的無數個註解，雖然作者想像的「她」是小說，但她的故事中蘊含了不計其數「少女們」的歷史。

為了將「她們」的歷史引入小說，作者創造了一個名為「她」的內心世界，在想像出來的「她」的內心世界裡，注入了無數個「她們」的歷史。因此，「她」的故事成了歷史的證言，「她們」的靈魂透過一個人的內心世界，獲得了小說的肉體。歷史為小說提供了故事的骨架，小說則賦予了歷史血肉。這就是為什麼作者要寫下「一個人」的故事。

4

只剩下一個人了。原本是兩個人，但昨晚，其中一個人與世長辭。（第7頁）

小說是這樣開始的，一直隱瞞自己是慰安婦的奶奶從電視上得知，世上倖存的慰安婦只剩下最後一個人。當這位世上僅存的最後一個人得知另一個人的消息時，喃喃自語：「這裡還有一個人……」

作者把倖存的「一個人」稱之為她，豐子、榮子、宮子、花子……這些都是經過她身體的軍人隨便給她取的名字，但在小說中，只以第三人稱「她」登場。

在慰安所，她簡直恨透了自己只有一個身體，卻有二、三十人如蚜蟲般撲向她的身體。

那唯一的身體並不是她自己的。

即便如此，她還是附在裡面，活到了現在。（第32頁）

「她一絲不掛，腳踝被軍服的腰帶捆綁著」，就像這世界上唯一的身體不是自己的一樣，撲在她身上的軍人給她取的名字也不是她的。名字不斷增加，「身體」卻只有一個，然而她和她們僅有的身體，每天卻要接待二十、三十，甚至七十個軍人。以「身體」活著，等於不歸屬任何人，因此成了任何人都可以隨意對待、可以隨便抹去和刪除的人。

她們是被強制動員的二十萬人中倖存下來的兩萬人，但倖存下來的兩萬人也沒有完整地活下來。「雖然活著回來了，但沒有找回戶籍」，所以依舊過著死人的生活。這些人「戰戰兢兢，生怕被人知道自己當過慰安婦」，過著躲避他人的生活，過著想到自己就痛苦無比的日子，因此選擇了逃避，以至於最後連「自己是怎樣的一個人」都忘了。這就是「活」下來的她們的人生。

可以說，日軍慰安婦是近代對待人類身體——尤其是對待女性的身體——最前所未有、最極端且殘暴的案例。被殘酷的歷史奪走的，正是她們以「一個人」活下去的權利；那些匿名的身體，不能只以二十萬人和兩萬人來記載，那都是獨一無二的身體，都是稱之為「我」的數以萬計的「一個人」的人生。

一九九一年八月十四日，二十萬人的其中一人現身螢幕，第一次告白自己曾是慰安婦。五十年過去後，她才訴說起「我」的故事，道出「我是受害者」。在金學順奶奶的告白後，全國各地隱姓埋名地生活的慰安婦奶奶們紛紛站出來，表示「我也是受害者」，接二連三地訴說自己的遭遇。隨著奶奶們的證詞不斷湧現，見證歷史的記憶才開始成為了記憶的歷史。至此，世界才終於看到這些長年隱姓埋名的慰安婦奶奶們的人生。

告白意味著什麼呢?告白是只有「自己」才能做的事，是喚起內心的記憶，確認那些記憶就是「自己」的一件事。當她說「我也是受害者」時，才真切意識到自己沒有忘記任何事。金學順奶奶也說：「我孤身一人活在這殘酷的世上，是上帝讓我活到現在，只為了做這件事。」

當「有了想要說出一切的衝動」後，她才說：「我想說出來，然後死掉。」以匿名的身軀活下來的她們唯一擁有的記憶，誰也不能從她們那裡奪走的記憶。「一個人」開了口，接著全國隱姓埋名的眾多「一個人」，一起說出了記憶。這是一起透過她們的記憶，暴露這段奪走她們純潔身體的醜陋歷史的事件。

在她的人生中，過去即是現在。在抹不去的記憶裡，比起現在，她更鮮明地活在過去。「滿州慰安所發生的那些事，就像冰塊一樣散落在她的腦子裡。那些冰塊如此冷冽、清徹。」十三歲時，她在河邊撿螺螄，突然被出現在河邊的男人抓去滿州慰安所。當時，她手中攥有六隻螺螄，直到她已九十多歲，仍清楚記得那些螺螄在掌心蠕動的感覺。過去的記憶從四面八方滲入她的現在。回到家鄉的河邊，彷彿自己還是那個十三歲在撿螺螄的孩子；聞到燒狗的味道時，也還是能想起焚燒東淑姐屍體的氣味；就連洗澡時看到陰毛上的水珠，也會嚇得誤以為那是在慰安所時，長在大家身上的陰蝨。

> 即使她不知道滿州慰安所的名字，卻清楚記得吞下鴉片和血而死的基淑姐的牙齒，像石榴籽一樣閃閃發亮，以及沾在保險套上的排泄物散發出的酸澀、腥臭。她甚至還記得飯糰上那些像撒了黑芝麻一樣的米蟲個數。
>
> 有時，她什麼也想不起來，只記得那裡的寒冷。（第123頁）

諷刺的是，如此鮮明的記憶烙印在了將她們推向比死亡更加痛苦的身體上。雖然她說：「如果從頭到尾都記得，她是活不到今天的。」腦子沒有記住的過去卻被身體清楚地記憶了五十年、六十年、七十年。殘酷的歲月貫穿了她們的身體，徹底變成烙印在慰安婦奶奶身體上的記憶，任何人無法代替記住和證明、僅屬於「一個人」的記憶。不管她們如何告白，用語言說明，又有誰能切身感受她們用身體經歷的歲月呢？她心想，「如果可以，就把變了形的子宮掏出來展示給大家看」。這是留在沒有名字的她們的身體裡，比任何證言都要強烈的記憶。烙印在「早已不是自己的」身體上的記憶，反而徹底成了全世界只有她們才擁有的專有名詞。

她在小說中懇切地喃喃自語：「只要活著，只要還有一個人活著……」這句話更加意味深長。若只有身體活著才能記住自己，是不是意味著如果慰安婦奶奶們全部辭世，那些身體的記憶也會隨之消失？「一個人」還活著，這不是書中記錄的慰安婦奶奶們的歷史，這意味的是在他人生的生命裡，她們正以現在進行式的歷史活著。

5

她不停回想自己的記憶。她感到害怕的是，「雖然希望忘記所有在滿州慰安所的事，但也擔心萬一自己得了失智症，什麼都不記得了怎麼辦。」作者透過她的記憶，不斷把她遇到的少女們召喚到現在。她尤為不想忘記的，是那些和自己一起待在慰安所的少女們。「基淑姐、漢玉姐、候楠姐、海琴……金福姐、秀玉姐、芬善……愛順、東淑姐、姸順、鳳愛、石順姐……」，「順德、香淑、明淑姐、君子、福子姐、誕實、長實姐、英順、美玉姐……」儘管過這麼長時間，她仍記得這些少女的名字，因為「她像背九九乘法一樣背下了她們的名字」。她不願忘記她們的名字和故事，這難道不正是從地獄般的地方活著回來的她，獻給她們的誠摯哀悼嗎？她沒有忘記她們的名字，這見證了被歷史遺忘的她們，是任何歷史都不能玷汙、唯一的、眾多的「一個人」。

在火車上，說要去針場的少女是漢玉姊；去好地方工作的少女是愛順；前往大邱站途中，在旅館門口要摘桔梗花的是東淑姊；說要去山田工廠織蠶絲的

少女是鳳愛……（第30頁）

火車上都是「拔草的、採棉花的、去村裡井口打水的、在小河邊洗衣服的、去上學的、在家照顧父親時被抓來的少女」，還有以為「去當護士」、「去工廠做衣服」、「去好地方工作」的少女。「降生為人，卻活得連豬狗都不如」，在九十歲的她的記憶裡，那些有時連自己名字都記不清的少女們依然還是十三歲、十四歲、十五歲，甚至十二歲的樣子。

十二歲的英順是在打水時被抓走的少女，不知道「陪軍人睡覺」是什麼意思的她感染了梅毒，「黑紅色的皮膚已經爛到了肚臍」；石順姐問：「我們犯了什麼錯，為什麼要接待一百個軍人？」就被放到釘了三百個釘子的木板上，遭殘酷拷問致死。日軍把石順姐丟進廁所，還說「埋葬死掉的少女既浪費地，也浪費土」；罹患肺病的東淑姐在寒冬吐血而死；春熙姐瘋了；秀玉產下死胎；十六歲就懷孕的君子被摘除了子宮，只因為「她年紀小，人長得漂亮，還要繼續用」。

不是只有像在地獄的地方才存在痛苦，倖存下來的少女隱瞞自己的身分，靠做生意或做幫傭，艱困地生活。「人們不知道她去了哪裡，經歷了什麼。」自從金學順奶奶公開自己曾是慰安婦後，有二百三十八名慰安婦向政府申報了自己的姓名，但她們此後的生活並沒有得到改善。「因為生活艱苦，所以向國家申報」，得到的卻只是周遭的冷眼，人生變得更淒涼。

比起旁人把她們視為髒女人，更令她們痛苦的是自己看待自己的視線。不管怎麼洗「她都覺得自己髒」，「她每天換內衣，三四天換一次外套」，「她希望第一個發現自己屍體的人不會覺得自己髒……」，「即使這不是自己的錯」，還是覺得「羞恥，丟人」。只要還有活著、沒有公開的人，她們過去在慰安所的人生就不會結束。

6

她在電視上看到政府登記的二百三十八名慰安婦中，最後一名倖存者正靠著人工呼吸器維持生命。她看到電視裡的那個人氣喘吁吁地說，「任何語言都無法說明我的痛苦」、「我不能死，一想到我死了就沒有人提這些事了……」、「我希望死前活得幸福」，然後才鼓起勇氣，直視女孩送她的面具。她用小刀不停劃著面具封住的嘴巴，直到把「封住的嘴巴劃破了一個口」。

在九十三歲前，她一直隱瞞慰安婦的身分。當看到電視裡依靠人工呼吸器呼吸的那個人說出「我是尹金實」、「我就是歷史的見證人」後，她才打算去見那個人。作者直到結尾才把她十三歲被抓去滿州前，在老家的名字——「豐吉」還給了她。找回名字就這麼難嗎？她找回自己的名字，整整用了七十多年。

名叫豐吉的她準備去見名叫金實的另一個人。世上倖存的一個人去見世上倖存的另一個人。「她覺得去見那個人，等於是去見金福姐、海琴、東淑姐、漢玉姐、候楠姐、基淑姐……」她不是去見一個人，而是去見二百三十八個人、兩萬人。不，她是去見二十萬人。她去見那個人，是把她的記憶變成她們的記憶。

一個人去見另一個人，進而成為「眾多的一個人」。一個人變成「眾多的一個人」時，記憶才會成為歷史。既然如此，那麼與她一起去見那二十萬人的「眾多的一個人」，也是現在在讀這本小說的我們。

推薦文／

以我爲器，銘刻他人的記憶：《最後一個人》的歷史修復之術

陳佩甄（政治大學臺灣文學研究所助理教授）

二戰之後不久，法蘭克福學派文化與社會評論者阿多諾（Theodore Adorno）於一九四九年寫下他最常被引用的一句話：「在奧斯維辛之後，寫詩是野蠻的。」#

我在閱讀《最後一個人》的過程中經常想起這句話，並不安於：依附在生者證言之後的文學，是否也是野蠻的？

阿多諾所指的「野蠻」，同時是猛烈撼動西方文明價值的、德國納粹政權設立的集中營，但也指那些批判野蠻的詩歌或文化產物；前者已成為戰爭與人性黑暗的象徵、極端現代化與野蠻的複合物，後者則弔詭地使野蠻的內涵得到延續，並使其自身失去批判力道。

圍繞著二戰日軍慰安所的社會論述與文化生產，也經常可見批判之餘、更

原文為："Nach Auschwitz ein Gedicht zu schreiben, ist barbarisch."出自1949年〈文化批評與社會〉一文，此文後收於1955年出版的文集《稜鏡》。此處中文譯自英文翻譯"To write poetry after Auschwitz is barbaric."見：Adorno, Theodor. "Cultural Criticism and Society," Prisms. Trans. Samuel and Shierry Weber, 1983: p. 34.

致力於重構「野蠻」，使得暴行不斷再現並且被記憶；而暴行的接受方則努力地讓自己隱身，抹除自身存在的痕跡，直到時間得逞，最後一個都不剩。正是在這種批判的警覺下，我開始閱讀《最後一個人》，而金息很快就以底下這段話說服了我：

「每當思考自己時，最先湧上心頭的感情是羞恥。對她而言，思考自己，是一件充滿恥辱和痛苦的事。她既不思考也不講話，最終忘記了自己是怎樣的一個人。」

無能言說之痛

在納粹暴行的創傷敘事與歷史記述中，現身言說的有不少是猶太知識分子；即使是小女孩安妮．法蘭克，也因為可以讀寫而留下重要歷史遺產。但金息描繪的這些女性，都是還沒能受教育就被拋進地獄的十三、四歲少女；即使到了戰後，許多人依舊無法認得、寫下一個字。這還不是最大的問題，問題在於，這些女性不管在地獄裡或劫後餘生中，都在努力否定自己的存在。因為「如果從頭到尾都記得，她是活不到今天的。」

要活著，就必須忘記。小說掌握了這個核心，並透過當下、過去、夢境、臆想等時間與敘事的交錯，讓受害者記憶經常被認為不可靠的問題，也變得理所當然。由此更進一步來看，對於歷史，我們以為自己知道得夠多了，但其實不是。如同她們的故事與傷痛，我們以為自己能「理解」，但「痛」不是理性可解釋的概念。開始閱讀小說後，讀者很快就被引向少女們身體的痛、以及年邁敘述者心靈的痛，兩者皆不忍卒睹。

然而也正是這種窒息的痛苦，讓閱讀不斷推進。我們等待著陽光露臉、人性再現。也揣想，是否是同樣一種希望，讓她們得以在沉重的歷史重壓下繼續呼吸，在孤絕的黑暗裡睜大眼睛。但我們隨之看到的，是痛苦之後迎來的並非希望，而是另一次絕望。這些少女們在戰後大多流離失所，奪不回自己的名字、無家可歸、亦無法發聲，集體沉默度日超過半世紀，直到一九九一年八月十四日。

「我也是受害者」

「她連那天的日期都還記得。一九九一年八月十四日。她跟往常一樣獨自在家看電視，令她吃驚的是，跟自己遭遇相同的人竟然出現在電視裡。

明明有活著的證人，世人卻說這件事不存在，所以她才流淚，才覺得無言、無能為力……金學順說，就是因為這樣，才決定把自己的遭遇公諸於世。

當過慰安婦的女人一個接一個的跟著她的腳步，出來作證，我也是受害者，我也是受害者，我也是受害者，我也是受害者，我也是受害者，我也是受害者……」

上面這段描述，可說是慰安婦運動史上最重要的一刻。在南韓乃至全球，許多慰安婦歷史論述、運動與研究都始自一九九一年八月十四日#，金學順（김학순）公開在電視上道出自己被強抓進慰安所的真實經驗，並促成其他有過同樣經歷的女性出面表示「我也是受害者」。這些「受害者」在二戰期間總計約有二十萬名，戰後估計倖存兩萬名，而在金學順現身後，南韓官方也僅登記了二百三十八名受害者，在證言三十年後的現在（二〇二一），則僅存十四名。倖存者人數急遽遞減，促使金息以「一個人」（한 명）為題，並引用了近百位生者證言，讓「一個人」成為「集體」。

但有了受害者還不夠，針對慰安婦歷史責任的追訴，國家與跨境的、友好與敵對的各方組織，都在試圖建構完美合格的受害者。二〇二一年初，哈佛法學院教授拉姆塞耶（John Mark Ramseyer）在一篇預計發表的論文中聲稱，二戰期間日本軍隊慰安婦實際上是招募來的，這些女性不是被脅迫、而是簽合約自願被僱用的。

這個日期後來在2012年的第11屆亞洲團結會議中，決議為「國際慰安婦紀念日」。南韓政府也於2017年訂為「日本軍慰安婦受害者紀念日」。

同樣論調在韓國籍日本研究者朴裕河的《帝國的慰安婦》一書中也出現過，強調日軍協力者與業者的存在，認為許多慰安婦本來就是「賣春婦」。但此書已在韓國被禁，作者也需面對法律訴訟。# 拉姆塞耶同樣收到大量來自學界與國際社會的抗議，更因其與日方企業間的資助關係備受質疑，論文也須接受期刊的重新調查。而我認為這兩個學術出版事件都觸碰到慰安婦論述中最敏感的一條神經：社會期待的是一個「完美受害者」。

朴裕河在書中提到自己也是因金學順的公開現身，開始關注慰安婦問題，但在南韓慰安婦聲援團體「韓國挺身隊問題對策協議會」的運作下，慰安婦已被形塑為單一的「國族仇恨敘事」，因此試圖追溯這一歷史主體的不同面貌。但朴裕河無法撼動受害者敘事中所需的完美形象，這個完美形象就體現在二〇一一年設立的「少女像」中：那是一個清純無暇、臉上有著堅毅表情、緊握反抗的拳頭、身著傳統韓服、光腳面對脆弱處境的女孩。這個永恆的少女，被南韓「少女像促進委員會」送到世界各大城市，象徵韓國，也象徵完美的受害歷史主體。

反「同一性」：朝向脆弱主體連結

無論爭議與否，一直以來與慰安婦連結的女性形象，不是「少女」就是

2017年1月25日遭控「誹謗罪」一審判決無罪，同年10月27日二審改判有罪，罰金1千萬韓元。

「奶奶」，兩者之間的論述形象如此稀缺，也正表明了這些女性被一刀劃成兩半的人生。以此再回頭檢視小說原文書名「一個人」中的「一」，雖然發揮了單一也是全部的象徵功能，但如何不落入「同一化」、「總體化」歷史經驗的窠臼？不讓不同的受害經驗、人生價值被單一內涵壟斷？正是這本小說最深刻之處。

在少女之後，小說記錄了「很多做過慰安婦的女人都和她一樣在別人家做幫傭、在餐廳打工或做生意。還有很多人因為無法走出已棄之身的絕望感，淪落到賣身的處境。」在成為老婦之前，她們「在這個曾經恨不得死後變成鬼魂也要回來的家裡，徹底成了一個多餘的外人。」成為在家鄉的外人，自我認同無所依歸，因此看到電視上出現一個與她有過同樣遭遇的人，「她很想知道，那些與自己有同樣遭遇的女人們都是如何生活的。」而直到小說結尾，作者才把她十三歲被抓去滿州前，在老家的名字還給了她；找回自己的名字，整整用了七十多年。

追求「同一性」的國族敘事、少女象徵，很可能因此壟斷了歷史，讓這些女性的人生封存在過去與一九九一年之間，看不到同「類」人可以如何生活、如何找回自己。因為長時間的沉默與隱身，受害者看不到彼此、也沒有自身經驗的參照對象，對此，金息巧妙地透過跨國族、跨物種的橫向連結、脆弱連帶，讓「她」在不同對象上表達內心情感與思考。

小說描寫了主述者「她」將自己與各種動物（貓、狗、喜鵲）的狀態連結相比，更直接點出「最初人類也是用這種方式占領土地的吧。那些跟栗樹一樣的大樹、泉水，以及狗、山羊和豬，也是這樣占為己有的吧？在滿州慰安所，少女們跟雞和山羊這些家畜毫無差別。」或「在電視上，她看到一個滿臉充滿恐懼的非洲女孩說：『我也不知道為什麼那些人會對我做出這種事。』她感到既驚訝又神奇，那個與自己膚色不同的非洲女孩，說出了她想說、但始終沒能說出口的話。」

沒能說出口的話，最終如何得以言說？在小說與記憶推進過程，「她」開始學寫字，並終於能寫下「我」字。而在結尾處，「她」坐上巴士、帶著害怕不安的心情，走向那個與她有一樣經歷的人，發誓要和最後一個活著的公開倖存者說話。找回自己、並找到連結，是這部小說提出的轉型正義與療癒路徑，也是在少女與奶奶之外、在這些受害女性主體的生命經驗空白之處，亟待補充的弱勢連結與歷史參照。

因此，《最後一個人》在主旨與內容上都並非僅是為了哀悼那一一凋零的生命，而是以文學補上歷史與記憶的缺口。而在記憶終結之處，永遠都有最後一個人等在那裡，等待開口的時刻。這本小說也因此，有如一個容器，適當且溫柔地接住從少女身體落下的話語，每一頁的閱讀，都涵蓋了她們的一部分，來自被囚禁在歷史中、不屬於自己的小小身體，也來自從變形的子宮中掏出的字句。從而我們能做的，就是一個字一個字仔細地聆聽，並將自己為器、銘刻在心裡。

銘記讚譽

二戰時期的慰安婦制度又稱軍事性奴隸制度，性暴力倖存者都伴隨有創傷壓力症候群，影響身心。本書真實描繪出慰安婦返家後的處境，不論是擔心旁人眼光而躲起來、或獨自與創傷共處的心酸，也可以看到這些創傷對慰安婦受害者的影響。

即使戰後回到一個安全的環境，性暴力創傷回憶卻會不斷被喚起，可能只是一隻喜鵲、成群的螞蟻、一道暮光或一個轉身……人們習以為常的日常都是觸動傷痕的陷阱，在這小小的身體裡，承受著未知的恐懼，不論清醒或熟睡，永遠不知道下一秒，又會喚起什麼說不出口的傷痛。

——婦女救援基金會附設「阿嬤家——和平與女性人權館」

閱讀韓國阿嬤如同煉獄般的遭遇，彷彿看見臺灣的小桃、秀妹、蓮花阿嬤們曾經受害的身影。即使剩下最後一個人，面對集體創傷記憶，我們仍需凝視、理解與撫慰傷口，因為這是我們共同的歷史，沒有梳理過去，就沒有面對未來的勇氣。

——吳秀菁（《蘆葦之歌》導演、臺灣藝術大學電影系副教授）

本書是一部頗具深層意義的作品，它把歷史上雖是一大痛處、韓國文學卻一直沒有正式面對的「慰安婦」問題，帶進文學的舞臺。約二十萬婦女被強制動員，只有兩萬人活著回來，慰安婦的存在卻始終不為世人所知，直至一九九一年金學順奶奶的證詞出現，始浮上檯面，此後，隨著全國各地的慰安婦倖存者陸續打破沉默、紛紛表述，遂而成為韓日之間亟待解決的燙手山芋。

「終有一天，將會沒有奶奶可以為自身作證，我必須透過小說喚起人們的警覺心，這才是文學存在的理由。」作者將訪談三百多位日軍慰安婦受害者的真實證詞編織組建，串成一部接近紀錄片的詳細故事，描述她們從痛苦和創傷中倖存，將過往藏在內心，繼續活下去的「之後的生活」，讓沒有經歷過那個時代的讀者可以充分體會到殘酷的史實，和烙印在她們內心深處的傷痕。

——崔末順（政治大學臺灣文學研究所副教授）

本書以真實證言為基礎，以文學方式表現戰爭遺緒在女性身上最為暴力的銘刻。「這裡還有一個人……」的微弱呼喊，藏在這呼喊背後，對於什麼是「活著」的複雜感受，讓我們看見脆弱是如此持久，甚至成為支撐，讓這些存活下來的女性們在黑暗中能伸手摸索，度過生命的激流。

——楊佳嫻（作家）

數年前，在悶熱豪雨中渾身濕透地踏入東京的婦女戰爭與和平資料館，滿牆數百張老婦肖像照沉默傾吐的傳記，使我像在噩夢中回顧前世，內臟被打出酸水來，像垂死的馬一樣呼出白色的吐息。

本書以小說精采呈現史料，透過慰安婦藏在胸中、戰爭的殘虐回憶，與和平時代今昔交織，將我送回了那無聲飲泣的房間。胃酸又冒了上來，傳遞這份迫切感。

歷史不願被葬送，仍在墳墓中騷動。無論再痛苦，也要記住，性暴力不可再重演。

——盧郁佳（作家）

本書以韓國慰安婦受害者的真實證言為基礎，以小說形式重新呈現。以下為書中所引用證言之出處，同一人物、同一出處，第二次後只以姓名、書名標示。

1 朴斗麗（박두리，1924年生），《被被強制帶走的朝鮮慰安婦2》，韓國挺身隊問題對策協議會．韓國挺身隊研究會著，Hannul，1997。

2 陳景平（진경팽，1923年生），《被被強制帶走的朝鮮慰安婦2》；江舞子（강무자，1928年生），《被被強制帶走的朝鮮慰安婦2》。

3 陳景平、江舞子。

4 崔甲順（최갑순，1919年生），《記憶重寫的歷史——被被強制帶走的朝鮮慰安婦4》，韓國挺身隊問題對策協議會，2000年日軍性奴隸戰犯女性國際法庭，韓國委員會證言組，Pulbit，2000。

5 江舞子。

6 金英淑（김영숙，1927年生，北韓日軍慰安婦受害者），「悲痛的歸鄉 第一部——北韓奶奶的證言」，植村隆，Newstapa「目擊者們」。

7 金福童（김복동，1927年生），《被被強制帶走的朝鮮慰安婦2》。

8 李景生（리경생，1927年生，北韓日軍慰安婦受害者），「悲痛的歸鄉 第一部——北韓奶奶的證言」。

9 黃善順（황선순，1926年生），「一生以淚洗面的慰安婦奶奶」，EBS，2013．10．7。

10 D○○（1929年生），《你聽到了嗎？12名少女的故事——日軍慰安婦受害口訴紀錄集》，對日抗爭期強制動員被害調查及國外強制動員犧牲者等支援委員會，2013。

11 李玉善（이옥선，1925年生），忠清北道網路新聞，2015．8．4。作者以李玉善奶奶的證言為基礎，以小說形式重現。

12 李玉善（이옥선，1927年生），《歷史敘述的故事——日軍「慰安婦」女性們的經歷與記憶，日軍「慰安婦」證言集6》。

13 鄭玉順（정옥순，1920年生，北韓日軍慰安婦受害者），「悲痛的歸鄉 第一部——北韓奶奶的證言」。

14 鄭玉順。

15 鄭玉順。

16 鄭玉順。

17 江舞子。

18 崔明順（최명순，1926年生），《被被強制帶走的朝鮮慰安婦1》，韓國挺身隊問題對策協議會，Hannul，1993。作者以崔明順奶奶的證言為基礎，以小說形式重現。

19 金恩禮（금은례，1926年生），《被被強制帶走的朝鮮慰安婦3》，韓國挺身隊問題對策協議會．韓國挺身隊研究會著，Hannul，1999。

20 金順樂（김순악，1928年生），《我的內心什麼都不知道》，金善綸，與挺身隊奶奶們同行的市民集會。

21 I〇〇（1923年生），《聽見了嗎？12名少女的故事》。

22 文玉珠（문옥주，1924年生），《被強制帶走的朝鮮慰安婦1》。

23 李玉善，CNN採訪，2015．12．29。

24 B〇〇（1927年生），《聽見了嗎？12名少女的故事》。

25 K〇〇（1923年生），《聽見了嗎？12名少女的故事》。

26 李容洙，作者以李容洙奶奶的證言為基礎，以小說形式重現「桔梗花的故事」。

27 黃金珠（황금주，1922年生），《被強制帶走的朝鮮慰安婦1》。

28 B〇〇（1929年生），《聽見了嗎？12名少女的故事》。

29 B〇〇（1927年生），《聽見了嗎？12名少女的故事》。

30 A〇〇（1930年生），《聽見了嗎？12名少女的故事》。

31 金恩真（금은진，1932年生），《被強制帶走的朝鮮慰安婦2》。

32 J〇〇（1924年生）、B〇〇（1924年生），《聽見了嗎？12名少女的故事》。

33 A〇〇（1930年生），《聽見了嗎？12名少女的故事》。

34 黃金珠。

35 B〇〇（1927年生），《聽見了嗎？12名少女的故事》。

36 B〇〇（1930年生），《聽見了嗎？12名少女的故事》。

37 李基貞，《中央日報》，2015．9．9。

38 金順樂，《歷史敘述的故事》。

39 P○○（1940年生），《聽見了嗎？12名少女的故事》。作者以P○○奶奶的證言為基礎，以小說形式重現。

40 黃金珠。

41 金鳳利（김봉이，1927年生），《歷史敘述的故事》。

42 金福童。

43 江舞子。

44 金花子（김화자，1926年生），《歷史敘述的故事》。

45 金花子。

46 林貞子（임정자，1922年生），《歷史敘述的故事》。

47 李玉善。

48 河順女（하순녀，1920年生），《被強制帶走的朝鮮慰安婦1》。

49 金英淑。

50 金花子。

51 金花子。

52 李得男（이득남，1918年生），《被強制帶走的朝鮮慰安婦1》。

53 金花子。

54 金英淑（김영숙，1927年生，北韓日軍慰安婦受害者），《北韓從軍慰安婦受害者金英順奶奶的證言》，民族21，2002．3月號。

55 A○○（1930年生）。

56 李容女（이용녀，1926年生），《被強制帶走的朝鮮慰安婦1》。

57 李英淑。

58 金順樂，《我內心什麼都不知道》。

59 金順樂。

60 A○○（1925年生），《聽見了嗎？12名少女的故事》。

61 曹潤玉（조윤옥，1925年生），《無法踏上歸鄉路》，與挺身隊奶奶們同行的市民集會，美好的人們，2007。

62 金福童。

63 金福童。

64 李尚玉（이상옥，1922年生），《被強制帶走的朝鮮慰安婦1》。

65 金春熙（김춘희，1923年生），《被強制帶走的朝鮮慰安婦2》。

66 曹潤玉。

67 黃金珠，《日帝強占期》，朴道著，眼神出版社，2010。

68 郭金女（곽금녀，1924年生，北韓日軍慰安婦受害者），「悲痛的歸鄉 第二部——北韓奶奶的證言」，植村隆，Newstapa「目擊者們」。

69 鄭玉善。

70 金福童。

71 李溶秀（이용수，1928年生），《被強制帶走的朝鮮慰安婦1》。

72 尹斗利（윤두리，1928年生），《被強制帶走的朝鮮慰安婦1》，韓國挺身隊問題對策協議會．韓國挺身隊研究會著，Hannul，1993。

73 B〇〇（1927年生），《聽見了嗎？12名少女的故事》。

74 金春熙。

75 B〇〇（1927年生）。

76 尹斗利。

77 黃金珠。

78 黃金珠、尹順滿（윤순만，1929年生），《記憶重寫的歷史》。

79 黃金珠。

80 金英子（김영자，1923年生），《記憶重寫的歷史》。

81 金恩貞。

82 文玉珠。

83 張占乭（장점돌，1923年生），《歷史敘述的故事》。

84 金春熙。

85 尹斗利。

86 崔甲順（최갑순，1919年生），《記憶重寫的歷史》。

87 尹順滿。

88 文必基（문필기，1925年生），《被被強制帶走的朝鮮慰安婦1》。

89 李英淑（이영숙，1921年生），《被被強制帶走的朝鮮慰安婦3》。

90 金甲順。

91 鄭玉順，「日軍暴行比地獄的刑罰更不寒而慄」，植村隆，《韓民族21》，1998．10月號。

92 李尚玉（이상옥，1926年生，北韓日軍慰安婦受害者），「北韓慰安婦奶奶的證言」，植村隆，Newstapa「目擊者們」。

93 金恩貞。

94 金恩貞。

95 H○○（1925年生），《聽見了嗎？12名少女的故事》。

96 B○○（1929年生），《聽見了嗎？12名少女的故事》。

97 陳京澎（진경팽，1923年生），《被被強制帶走的朝鮮慰安婦2》。

98 李京生。

99 李京生。

100 朴妍利（박연리，1921年生），《被被強制帶走的朝鮮慰安婦2》。

101 李容女。

102 盧青子（노청자，1920年生），《歷史敘述的故事》。

103 陳京澎。

104 崔日禮（최일례，1926年生），《被被強制帶走的朝鮮慰安婦2》。

105 金花子。

106 鄭珍濤（臺灣慰安婦受害者），「沒有結束的戰爭，日軍慰安婦」，「KBS Panorama Plus」，2013．8．11。

107 呂福實（여복실，1922年生），《被被強制帶走的朝鮮慰安婦2》。

108 李尚玉（이상옥，1922年生），《被被強制帶走的朝鮮慰安婦1》。

109 K○○（1923年生）。

110 朴車順（박차순，1923年生），「聞到故鄉的泥土氣息，湖北省93歲奶奶便想起〈阿里郎〉」，《中央日報》，2015．11．12。

111 F○○（1923年生）。

112 F○○（1923年生）。

113 曹潤玉。

114 張占乭。

115 呂福實。

116 A○○（1930年生），《聽見了嗎？12名少女的故事》

117 曹潤玉。

118 金學順。

119 張占乭。

120 崔明順。

121 尹斗利。

122 金福童（김복동，1925年生）。

123 全金花（전금화，1924年生），《被被強制帶走的朝鮮慰安婦2》。

124 金福善，《被被強制帶走的朝鮮慰安婦》。

125 李得男。

126 陳京澎。

127 崔日禮、朴書芸。

128 江舞子。

129 張三圖（中國日軍慰安婦受害者），「沒有結束的戰爭，日軍慰安婦」，KBS Panorama Plus，2013．8．11。

130 B○○（1927年生）

131 B○○。

132 金福童。

133 崔甲順。

134 李順樂。

135 金福童。

136 金德貞（김덕진，1921年生），《被被強制帶走的朝鮮慰安婦1》。

137 E○○（1922年生），《聽見了嗎？12名少女的故事》；金春熙（김춘희，1923年生），

《被被強制帶走的朝鮮慰安婦2》。

138 張占乭。

139 朴順愛（박순애，1919年生），《被被強制帶走的朝鮮慰安婦1》。

140 崔正禮（최정례，1928年生），《被被強制帶走的朝鮮慰安婦2》。

141 金德貞。

142 李得男。

143 張占乭。

144 陳京澎。

145 金福童、崔日禮。

146 金德貞。

147 金春熙。

148 金福童。

149 A○○（1930年生）。

150 崔日禮。

151 李尚玉，《被被強制帶走的朝鮮慰安婦1》。

152 張占乭。

153 金玉珠。

154 I○○（1923年生）。

155 K○○（1923年生）。

156 勳奶奶（1924年生），《被遺棄的朝鮮女孩》，與挺身隊奶奶們同行的市民集會，美好的人們，2004。

157 朴順愛（박순애，1919年生）。

158 金玉珠（김옥주，1923年生），《被被強制帶走的朝鮮慰安婦3》。

159 曹順德（조순덕，1921年生），《被被強制帶走的朝鮮慰安婦3》。

160 林靜子（임정자，1922年生），《歷史敘述的故事》。

161 金春熙。

162 林靜子。

163 江舞子。

164 孫板林。

165 黃金珠。

166 崔日禮。

167 江舞子。

168 李英順。

169 文玉珠。

170 李英淑（이영숙，1921年生），《被被強制帶走的朝鮮慰安婦1》。

171 李英淑。

172 河順女。

173 孫板林（손판임，1924年），《被被強制帶走的朝鮮慰安婦2》。

174 朴斗利。

175 李順玉（이순옥，1921年生），《被被強制帶走的朝鮮慰安婦1》。

176 李順玉。

177 申達妍（신달연，1927年生），《被被強制帶走的朝鮮慰安婦3》。

178 崔日禮。

179 李玉善，CNN採訪，2015．12．29。

180 崔正禮。

181 朴妍利。

182 金恩貞。

183 朴妍利。

184 金福童。

185 文必基。

186 朴妍利。

187 K○○（1930年生）。

188 黃金珠。

189 李順玉。

190 江舞子。

191 金鳳利（김봉리，1927年生），《歷史敘述的歷史》。

192 朴姸利。

193 崔甲順。

194 黃金珠。

195 鄭書芸。

196 崔甲順。

197 鄭書芸、崔日禮。

198 江德京（강덕경，1929年生），《被被強制帶走的朝鮮慰安婦1》。

199 黃金珠。

200 全金花。

201 曹順德（조순덕，1921年生），《被被強制帶走的朝鮮慰安婦3》。

202 金春熙。

203 金福童。

204 文玉珠。

205 文玉珠。

206 金君子（김군자，1926年生），金君子奶奶在韓國教育院以「只要我還活著」為題講述日軍慰安婦的證言，1997・2・7。

207 C○○（1920年生），《聽見了嗎？12名少女的故事》。

208 李容秀。

209 崔日禮。

210 崔花善。

211 崔花善。

212 崔花善。

213 韓玉善。

214 李容女。

215 崔正禮。

216 黃金珠。

217 金芬善（김분선，1922年生），《被被強制帶走的朝鮮慰安婦2》。

218 金意靜（김의정，1918年生），住在中國的日軍「性奴隸」受害奶奶攝影機，分享之家。

219 K〇〇（1923年生）。

220 K〇〇（1923年生）。

221 李尚玉（1922年生），《被被強制帶走的朝鮮慰安婦1》。

222 文必基。

223 文必基。

224 金學順。

225 金學順。

226 崔明順。

227 金福童、金恩貞。

228 金玉珠、崔明順。

229 金春熙。

230 李玉善，CNN採訪。

231 吉元玉（길원옥，1928年生），《歷史敘述的故事》。

232 吉元玉。

233 鄭潤洪（정윤홍，1920年生），《記憶重寫的歷史》。

234 朴車順，「我曾是日軍性奴隸（3）——慰安所是日軍的公廁」，安世洪，2016・2・2。

235 K〇〇（1923年生）。

236 黃金珠。

237 朴妍利（박연이，1921年生）。

238 A〇〇（1930年生），《聽見了嗎？12名少女的故事》。

239 K〇〇（1923年生）。

240 崔甲順（최갑순，1919年生），《記憶重寫的歷史》。

241 崔甲順。

242 崔甲順。

243 金春熙。

244 李玉善，《歷史敘述的故事》。

245 崔甲順。

246 崔正禮、崔甲順。

247 崔日禮。

248 金君子。

249 江舞子。

250 金英子。

251 金順樂，《我的內心什麼都不知道》。

252 K○○（1923年生）。

253 F○○（1923年生），《聽見了嗎？12名少女的故事》。

254 I○○（1923年生）。

255 I○○。

256 黃順利（황순이，1922年生），《被被強制帶走的朝鮮慰安婦3》。

257 K○○（1923年生）。

258 K○○。

259 K○○。

260 金德貞。

261 黃順利。

262 吉元玉。

263 曹順德。

264 曹順德。

265 李容秀。

266 金和宣（김화선，1926年生），《記憶重寫的歷史》。

267 江舞子。

268 江舞子。

269 江德靜。

270 金福童，「我此生沒付出過感情」，《韓民族》，2015・12・22。

271 韓玉善（한옥선，1919年生），《歷史敘述的故事》。

272 金春熙。

273 張占乭。

274 張占乭。

275 黃順利。

276 安法順（안법순，1925年生），《記憶重寫的歷史》；林靜子（1922年生），《歷史敘述的故事》；金福童（1926年生），《新聞雜誌芝加哥》，2013・12・27。

277 金福童。

278 文玉珠。

279 黃金珠。

280 江德京。

281 金恩貞，《被被強制帶走的朝鮮慰安婦2》。

282 文必基（문필기，1925年生），《被被強制帶走的朝鮮慰安婦1》。

283 陳京澎。

284 金福童。

285 李秀丹。

286 李秀丹。

287 黃順利。

288 K○○。

289 尹順滿。

290 金福童。

291 金英子。

292 金福童，CNN採訪，2015・4・29。

293 金學順。

294 李容洙。

295 李容洙。

296 李玉善。

297 李尚玉。

298 尹斗利。

299 張三圖。

300 張三圖。

301 黃金珠（황금주，1922年生），短片「日軍未完的故事」，李道恩整理。

302 鄭玉順。

303 金英淑。

304 李容洙，引用部分前往華盛頓作證時與特派員的採訪內容，2015・4・21。

305 李容洙。

306 文玉珠。

307 李玉芬。

308 A〇〇（1930年生）。

309 朴妍利。

310 文玉珠，《前線的日軍「慰安婦」文玉珠》，美好的人們，森香奈美知子著，金正城譯，與挺身隊奶奶們同行的市民集會，2005。

311 張三圖。

312 李治（印尼日軍慰安婦受害者），「沒有結束的戰爭，日軍慰安婦」，KBS Panorama Plus，2013・8・11。

最後一個人／金息（김숨）著. 胡椒筒 譯. -- 初版. – 臺北市：時報文化，2021.10；面；14.8 × 21 公分. --（Story；042）
譯自：한 명
ISBN 978-957-13-9411-4（平裝）

862.57 110014414

한 명 (One left)
by Kim Soom
First published in 2016 by Hyundai Munhak Publishing Co., Ltd., Korea
© Kim Soom c/o HAN Agency Co.
All rights reserved.
Complex Chinese edition © 2021, China Times Publishing Company.
This Complex Chinese edition was published by arrangement with Kim Soom c/o HAN Agency Co. through Korea Copyright Center Inc. and Lee's Literary Agency.

ISBN 978-957-13-9411-4
Printed in Taiwan

※本書獲得韓國文學翻譯院（LTI Korea）之出版補助。
This book is published with the support of the Literature Translation Institute of Korea (LTI Korea).

STORY 042

最後一個人

한 명

作者 金息｜**譯者** 胡椒筒｜**主編** 陳信宏｜**副主編** 尹蘊雯｜**執行企劃** 吳美瑤｜**封面設計** 朱疋｜**編輯總監** 蘇清霖｜**董事長** 趙政岷｜**出版者** 時報文化出版企業股份有限公司 108019 臺北市和平西路三段240 號 3 樓 發行專線—（02）2306-6842 讀者服務專線—0800-231-705．（02）2304-7103 讀者服務傳真—（02）2304-6858 郵撥—19344724 時報文化出版公司 信箱—10899臺北華江橋郵局第 99 信箱 時報悅讀網—www.readingtimes.com.tw 電子郵件信箱—newlife@readingtimes.com.tw 時報出版愛讀者—www.facebook.com/readingtimes.2｜**法律顧問** 理律法律事務所 陳長文律師、李念祖律師｜**印刷** 紘億印刷有限公司｜**初版一刷** 2021年 10月22日｜**定價** 新臺幣 390 元｜（缺頁或破損的書，請寄回更換）

時報文化出版公司成立於1975年，1999年股票上櫃公開發行，2008年脫離中時集團非屬旺中，以「尊重智慧與創意的文化事業」為信念。